Sonya
ソーニャ文庫

竜を宿す騎士は執愛のままに巫女を奪う

深森ゆうか

JN131521

イースト・プレス

contents

プロローグ

むせかえるような香り。

知っている。この香りはラベンダーで、私の住むカートライト領に一年を通して咲く珍しい種だ。

けれど、瑞々しさとすがすがしさを兼ね備えた癒やしの香りに混ざって、不快な臭いが鼻をつく。

——不快？　私は「違う」と頭《かぶり》を振る。

不快ならば何故、こんなに切ないの？　どうして心臓が切り裂かれるような痛みがあるの？

何より、私が馬乗りになっている男性は誰なの？

目に映る彼の姿は滲《にじ》んでいて、瞬きのたびにぼやけていく。

彼の手は私の手首を摑《つか》んでいる。そして私の手は剣を持ち、真っ直ぐに彼の心臓を突き刺していた。

爽やかに吹き抜ける風のようなラベンダーの香りに混じる臭いは——血だ。

刺した胸からはとろりとした赤い水が、とくとくと流れ出る。

心臓を一突き。普通の人間ならば絶命している。なのに、彼の心臓は激しく脈動を続けている。私は苦しい呼吸の中、剣が彼の胸から抜けないよう押し込んでいく。

ごめんなさい、愛しい貴方。

私は心の中で彼に謝罪をしている。

血が滴《したた》り、地へこぼれ落ちて、染みていく。彼の命を吸い取り、大地の糧《かて》となれと望むように。

『裏切ったな……俺の愛を』

荒い息の中、彼が言った。

願いを聞き入れてくれなかった。だから、こうするしかなかった。そう言いたいけれど、私は首を横に振るしかなかった。だが、それさえも上手くできない。

彼の顔色が悪くなる。大量の血の流出で心臓の抵抗は弱くなり、体重をかけた剣は奥へと進んでいく。私の顔や手がますます血で濡れていく。

こうするしかなかった、とまたもや心の中で呟くけれど、その言葉は声に乗ることはない。

――声に出したら、自分の感情を吐露してしまったら、彼を葬る決意が霧散する。

私の決意は厚い氷のように強固に張っていて、私はそのまま口を閉ざしていた。

『おのれ』

彼の声が囁《ささや》きより小さく、弱くなっていく。死が近い。手首を掴む力が弱くなった。けれど、そもそも彼の力を以てすれば、女のか細い手首など今頃、骨ごと粉々に砕けていたはず。

それをしないのは、彼が私を傷つけるのを良しとしなかったからだ――愛してくれているから。

私はそんな彼の気持ちを利用して、剣を胸に押し込め続けた。

もう、彼は身体を起こす余力がないようで、突き刺した心臓にも抵抗がなくなり、剣はまた奥へ入っていく。

ごめんなさい、ごめんなさい、貴方。

消え入りそうな視界の中、私は心の声でそう叫んでいる。

泣いてるんだ。泣いているからこんなに視界がぼやけているんだわ。ようやく気づく。

『許すものか』

突如、彼は手を離すと、その手で私の胸を貫いた。

『かはっ……』

衝撃が身体を揺らす。痛みで、ぼやけている視界も揺れる。

胸に突き刺さった彼の手に、自分の血が纏《まと》わり付きながら流れ出る。

巻き添えにするつもりだ。それでいい、と私は声にならない言葉を吐いた。元々、後を追うつもりだったから。

彼は大きな声を上げながら私に言った。それは命の力を全て注ぎ込んだような迫力だった。

『血の涙を流し、言の葉として念《おも》いを籠める。後悔してもしきれぬほどの多くの死を、愛の代わりに受けるがいい。幾度も、幾度も、魂が生まれ変わりを拒絶するまで。呪言《じゅごん》は魂を蝕み続ける。それが変わることなど、永久《とわ》にないだろう』

咆哮《ほうこう》のような呪いの言葉を吐き終え、彼は事切れた。

彼の身体が剝がれていく。皮膚も髪も、鼻も、耳も、人として形作られていたものが剝がれ、全て幻だったと告げるように消えた。

代わりにそこに横たわるのは、硬い鱗《うろこ》に覆われた怪物。

その姿は、物語の挿し絵でしか見ることのない〝竜〟だった。

竜へと変化した彼の手は、既に私の胸から抜けている。止まらない血が地を濡らし、辺りを更に赤く染め上げていた。

私は薄れていく視界の中、白から赤に染まっていくラベンダーを横目に、しかばねとなった竜の上に身体を預けた。既に何も聞こえないだろう彼に、消えようとする意識の中、囁く。

『……………何度でも生まれ変わるわ……そして、何度でも、貴方に殺されましょう……………変貌する前の……貴方の、たま、しい……に……もど……るま……で』

私は懸命に最後まで言い切ると、安堵とともに瞼《まぶた》を閉じた。

第一章

「またあの夢……しかも今までよりずっと長くて鮮明だった」

アメリアは呟きながら寝台から出ると、窓を開ける。朝の清涼な風が、彼女の部屋の淀んだ空気を清浄にしてくれる。

「もう少し窓が大きいと、ありがたいのだけれど……」

生まれて今までずっと住んでいる城は、良く言えば古風、悪く言えば古びている。父が流行りに合わせて窓を大きく造り直してくれたが、壁が分厚いせいか湿気がこもり、空気がどんよりしてしまう。

城自体を建て直すとしても一領主の資産では難しい。ところどころ改修《リフォーム》するくらいが限度だ。

改修しろと我が儘を言うつもりはない。そんな資格などないことは重々承知している。せめて新鮮な空気をと、窓を大きくしてくれただけでも感謝している。

その窓から顔を覗かせると、広大な田園風景と、その先にある鬱蒼《うっそう》とした森林が見える。

今は夏の始まりで、森林の枝葉が青々と茂り、重ね合わさるように縦横無尽に伸びている。

その手前に広がる畑では、既に領民たちがせっせと冬小麦を収穫していた。

「今日も、我がカートライト領の民や森林たちは元気ね」

住処は新しい方がいいが、生まれ育った土地は変わらない方がいいと思うアメリアだ。

生まれてからずっとこの森を見て育ってきた。

そして森の中を駆けて、新しく芽生えた数々の生命を見守ってきた。

生き生きと畑を耕す領民の姿と、初夏と秋には黄金色に波打つ麦穂をこの目で見つめてきた。

ずっと、ずっと見ていたい——そう思うたびにアメリアの胸は潰れそうになる。

そっと胸に手を当て目を閉じると、先ほど見た夢を思い出す。

〝竜〟に変貌した男に己が剣を突き刺した際のリアルな感覚について、なぜか怖いとは思わなかった。それどころか切なくて哀しくて、そして愛しくて、鱗に覆われた竜の顔にキスをしたくなった。

時々見る夢だ。それも年月が経つにつれ長く鮮明になっていく。

〝私〟はいつだって横になっている彼に跨《また》がり、自分が命を消そうとしていることに慄《おのの》き、哀しみながらも彼の死を望んでいる。

〝私〟は決して殺人狂ではない。初めての経験だ。なのに、彼の死を望み、自らの手で殺めた。

――こうするしかなかった。夢の中では心でそう呟いていた。

それに相手は竜だった。この領地を守っていたと伝えられている竜に違いない。アメリアはそう確信している。

「〝私〟は殺した。でも、どうして？　どうして〝そうするしかなかった〟の？」

自分自身に問うてみても、答えなど出るはずもない。

アメリアは額に手を当てながら頭を振る。たまらず溜め息が出た。

「もう、私にはどうして〝視《み》る〟力がないのかしら？　カートライト家には女性限定で〝巫女《シビラ》〟の能力を持った者が生まれるんじゃなかったんでしたっけ？」

イライラして部屋の中をぐるぐると歩いていると、侍女のライラが入ってきた。

そしてアメリアの様子を見て、カラカラと陽気に笑う。

「おはようございます、アメリア様。朝も早くからお元気ですね。外に出たくてうずうずしてるからって、窓から飛び出さないでくださいよ」

　そうからかいながら、ライラは洗顔の準備をする。

「いやね。小さい頃、布をつなぎ合わせて窓から外に出たときの話をいつまでも」

「あれには本当に肝を潰しましたよ。風邪を引いたときくらい、大人しく寝ていてほしいと何度思ったことか」

「私だって、もう立派な淑女なんですからね」

見て、とアメリアはライラの前で、流行りの歌を口ずさみながらダンスを踊ってみせる。

「去年の王城での舞踏会では、ひっきりなしにダンスに誘われたわ」

「はいはい。大人しくしていれば王女様にもひけを取らないほどお美しい、自慢のお嬢様ですよ。でも、小さい頃のじゃじゃ馬だったアメリア様も、あたしは大好きです」

「ふふ、じゃあ今日も馬の手配をお願いね」

「……またですか」

　呆れた様子のライラを気にもせず、アメリアは顔を洗う。洗い終わるのを待って拭い布を渡される。

「毎日毎日馬駆けして森に出向いて〝竜の碑石〟を見て、何が楽しいんでしょうねぇ。しかも古代の難解な言語じゃないですか。王城に勤める学者さんでも、なかなか読めなかった碑石ですよ？」

「でも、その学者様から碑石と同じ文字で書かれたという書物を提供していただいたのよ。そのおかげで大分、わかるようになったの。あともう少しなのよ、全部訳せそうなの！」

「おやまあ、アメリア様は学者におなりになったんですか」

ライラは溜め息を吐きながら衣装棚を開ける。

「じゃあ、今日も……動きやすい格好で……？」

と言いながら、渋々衣装を取り出した。

「勿論だわ。スカートの下に穿く乗馬ズボンも出して。それから靴はいつもの履き慣れたブーツで。食事は森《むこう》で摂るわ。あと、テオを呼んで。馬の準備をお願いしたいの」

「テオねえ……確か、演習場で仲間と訓練中ですから、着替えてから直に行かれた方が早そうですすよ。こうも毎日毎日アメリア様に振り回されてるんですから、本人も承知で準備していますよ」

「いいじゃない。テオは私の護衛ですもの」

アメリアは慣れた様子で着替える。途中、胸の間にある縦長の赤い痣《あざ》を見て溜め息を吐き「おはよう、今日も私の胸にあるのね」と忌々《いまいま》しげに挨拶をする。

胸にある痣は生まれつきのもので、それを確認して挨拶をするというのもいつもの習慣だ。

それから腰まで緩やかに流れる金髪を三つ編みにすると、マントを羽織る。

「じゃあ、馬小屋に行くから、食事を持ってきて。テオの分もね」

と、勢いよく部屋から駆け出ていった。

「やれやれ……毎日忙しないこと。……このまま無事に十八の誕生日をお迎えになって、何事もなく生きていてくだされば……」

ライラは前掛けでそっと涙を拭った。


演習場では、夜明け前から木剣を片手に若者たちが稽古に励んでいた。

このダフィルド王国が今の王の治世になってから国と国との大きな戦はなくなったが、『領地は、自分たちの手で守らないといけない』という領主たちの考えは変わらない。

敵は突然、国の中央にある王領を襲うわけではない。それを取り囲む領主たちが治める土地から狙ってくる。

襲撃を受けて王都の援軍を待っている間に領地を奪われるわけにはいかない。援軍が来るまで、いや、援軍を待たずに自分たちの手で領地を守れるだけの武力が必要なのだ。

カートライト伯爵領もこうした例に漏れず、『己《おの》が領地を守る』という意識の高い若者たちが〝私兵団〟として城に集まり、こうして鍛錬を積んでいる。

そうして集まった血気盛んな若者たちだが、実のところ野望も持ち合わせている。

最初の目標は『強くなり、領主の目に留まり兵士として採用してもらう』ことだ。兵士の次は騎士として。それから更に取り立ててもらい、いずれは王都へ――と、尽きぬ夢を持っている。

しかし、皆が皆、同じ野望を持っているわけではなく――

カンカン、と木剣のぶつかる音がする。二人の若者の激しい打ち合いを、皆が見守っていた。互いの身体もぶつかり合っては離れ、また剣がぶつかる。容赦なく繰り出される剣技に、火花散る眼差し。そんな様を周囲の若者たちは固唾《かたず》を呑んで見つめていた。

何度目かのぶつかり合いで、茶髪の男が吹っ飛び、派手に背中から落ちる。衝撃で起き上がる余裕などなかった。気がついたときには自分の首元に、相手の木剣の先がピタリと当てられていたからだ。

「俺の勝ちだな。これが本物の戦だったら、殺されてるぞ」

余裕の表情で倒れた相手を見下ろす若者は、そう言いながら漆黒の髪をかき上げる。

「……まいった」

負けを認めた途端、周囲が「ワッ」と沸いた。

「ちくしょう……今度こそ勝てると思ったのに」

「甘い甘い」

黒髪の若者は「ほら」と相手に手を差し伸べて、起こしてやる。

「『テオをアメリア様の護衛から引きずり落ろすのは誰だ、俺だ』の決闘は、またしてもテオの勝ちかよ」

「誰か『俺こそが』という奴いないの？」

「無理だって。テオ《こいつ》ってばさ、やり合っている間にどんどん力が籠もってくるんだぜ。普通は体力続かなくて落ちていくじゃないか。なのに逆なんだから」

「少しは手加減しろ」と、若者たちはブーブーと鼻を鳴らしてテオに抗議する。

そんな仲間たちに、テオと呼ばれた青年は「フッ」と笑いながら布で汗を拭う。

「そう簡単にアメリア様の護衛の座を譲れるかって。鍛錬して体力と技を磨きたまえ、諸君」

「格好つけるな！」

「お前の常識外れな体力と一緒にするな！」

ワッと数人に襲いかかられて、テオは笑いながら演習場を逃げ回る。

「そう怒るなよ。今度、とっておきの剣の技を教えてやるからさ」

「いらねー！」

「お前の『とっておき』は人間業じゃねーんだよ！」

　またも数人に飛びかかられて、今度は笑いながらじゃれ合う。その様子は平和この上ない。テオは小突かれながらも今の幸せを味わっていた。

　テオは元々孤児だったが、カートライト伯爵に拾われ、騎士にまで取り立てられた青年である。

　いや、正しくは拾ったのは伯爵の娘であるアメリアだ。カートライト伯爵は愛娘の願いを聞いて、自分を彼女の傍に置いてくれた。それだけでなく、実力を認めて騎士として取り立て、しかも彼女の護衛も任せてくれたのだ。父娘ともに恩を感じている。

　仲間たちだって、自分が孤児だと知っているのに、差別もなく接してくれる。

　――アメリア様のために、もっと強くなってお守りするのだ。

　拾ってもらった十二年前、そう誓った。ただそれだけを胸に鍛錬を積んできた。

　気のいい仲間も、優しい主《あるじ》もいて、自分は幸せだ。主の娘とはいえ、恋い焦がれる相手もできた。実らない恋だとしてもいい。

　そのはず――なのに、ときたま脳裏に浮かぶ邪悪な想いはなんなのだろう？

　愛しているのに、何もかも壊したいような衝動に駆られる。

盲目的にアメリアしか見ていないテオだって、脳裏に浮かぶ〝これ〟が異常な感情だとわかる。

テオは良心の塊のようなカートライト家の人々のもとで育ったことで、自分はまともな人間だと自負している。まともだからこそ、時々身体の底から湧きあがってくる恐ろしい感情に狼狽《うろた》える。

いつか、この感情に取り込まれたらどうなってしまうのだろう？　テオはそれが怖くてたまらなかった。

だからこそ何も考えられないほど身体を酷使して寝てしまおうと、いつもがむしゃらに生きてきた。夢すらも見られないほどに疲れてしまえば、平気だ。そう考えて。

アメリアのことばかり想い、行動すればいい。そうすれば自分の光ともいえる彼女の傍にだっていられる。

テオはアメリアのために強くなり、図らずも騎士となれたが、野望などは持ち合わせていない。

彼女の傍にいられればいいのだ。

彼女のことを考えるだけで、どんな苦難だって乗り越えようという勇気が湧いてくる。

アメリアだけを想っていれば、こんな感情に囚われはしない。

（幸せなんだ、自分は）

『アメリアを抱けなくてもか？』


まさか、と額に手を当てる。頭の中から聞こえてきた声に動揺した。

胸が痙攣《けいれん》するかのように震え、それから内側から強く心臓を叩かれたと錯覚するほど胸の鼓動が響く。

冗談だろ？　今、〝邪悪〟が囁いた。

――気のせいだ、きっと。空耳に決まってる。

テオは聞こえなかったふりをして、仲間たちと戯れる。

「――テオ！」

テオを含めた若者たちは動きを止め、軽やかで明るい声に向かって一斉に振り向く。

アメリアだ。朝日を浴びて輝く金髪は神のように神々しい。上気する頬は健康的で、緑の瞳は瑞々しい新緑色だ。笑顔は春の陽ざしのように温かく、唇は咲き初《そ》めの薔薇のように愛くるしい。無邪気に手を振る仕草は何も知らない乙女のようで、無条件に守ってやりたくなる。

彼女の姿に当てられたように〝邪悪〟は霧散して、テオはホッとする。

「陽向姫《ひなたひめ》だ……」

皆、彼女に見惚れつつ、頭を下げる。

「おはようございます、アメリア様！　今日も〝竜の碑石〟へ？」

「そうよ。いつものように護衛をお願いね、テオ」

「既に馬番に、馬の用意を頼んでおります」

「さすがテオね、私のことわかってる。では、行きましょう」

「はい！」

アメリアの傍へ行こうとするテオを見て、仲間たちはまたもや鼻を鳴らし不満を露わにする。このまばゆい姫の護衛につくこと――それを野望とする若者も少なくない。

「テオ、この野郎」

「今度こそ覚悟しろよ、次からは俺がアメリア様の護衛だ」

そう囃《はや》し立てる仲間たちにテオは「いつでも受けて立つぜ」と手を振り、駆けていった。

（自分のことで悩んでいる場合じゃないんだ。アメリア様のこの笑顔を〝呪い〟から守らなくては）

〝竜の呪い〟とも謂われている〝カートライト家の呪い〟は有名だ。周辺では子供でさえ知っている。あまりに長く続いているので、民はまるでお伽話のように語り継いでいる。

『昔、王の娘に先見《さきみ》の力を持つ者あり。この地を守りし竜、それを番《つがい》に望む。娘、これを厭《いと》い、隣国の王に乞うて竜を殺めせしむ。竜、憤怒して娘を呪う。娘息絶えたのち、王の血を受く女、たびたび先見の力と胸の痣を持ちて、十八の歳に死す。花の赤く染まるがその兆しなり』

このような内容で、誰が話をしようと変わりない。それほどこの地に染み込んでいる。

事実カートライト家には、たびたび胸に痣のある娘が生まれてくる。そしてその娘は大抵〝巫女〟――この地では〝シビラ〟と呼ばれているが、つまりは未来予知をする先見の能力を持っているのだ。

そして決まって十八になったら〝呪い〟がかかる。

〝呪い〟の始まりは、本人だけでなく周囲にもわかるほどはっきりしている。

カートライト領に一年中咲く花――ラベンダーの色が、白から赤に変わるのだ。

走る視界にラベンダーが過《よぎ》る。まだ白い。テオは胸を撫で下ろす。

そうして、微笑みを浮かべ自分を待っているアメリアのもとへ、一心に駆けていく。

――彼女のためなら、なんだってしてみせる。カートライト家に潜む〝呪い〟からだって守ってみせる。

テオは毎朝、彼女に会うたびにそう心に誓うのだ。

◆　◆　◆

「ほら、陽向姫だよ」

農作業をしていた女が顔を上げ、皆に声を掛ける。

待ちわびていたように皆、腰を上げ、護衛をつけて馬駆けするアメリアを眺めた。

彼女の金髪が朝の光に煌めきながら弾んでいる。彼女を見るだけで誰もがほんわかと温かい気持ちになって、今日も一日頑張ろうという気力が湧いてくるのだ。

「まるで太陽の恵みを受けているようだ」と口々に言い合い、アメリアのことを「陽向姫」と尊敬の念を込めて呼ぶ。

こちらに気づいたのかアメリアは馬を止めて、手を振ってくれる。

「おはようございます、陽向姫！」

「おはよう！　精が出るわね」

「お陰様で畑の状態がいいんですよ、今年も麦が豊作ですよ」

「ありがとう、それも皆が頑張ってくれているお陰よ」

「とんでもございません！　こんな良い土地を貸してくださっている旦那様には、感謝しても感謝しきれません」

「父に言っておくわ、頑張ってね」

そう言って馬の腹を蹴り、駆けていく姿を皆、見えなくなるまで見送る。まるで「これが彼女を見る、最後の機会かもしれない」とでも言いたげに。

畑を耕していた女がたまらず洟をすする。

「あんな素晴らしい姫様が、十八の歳に死んでしまう運命なんて……」

「滅多なことを言うんじゃない！　それにアメリア様は巫女《シビラ》の力を受け継いでやしねぇ。十八を過ぎて、十九、二十とずっと生きるに決まってる！」

女の夫が叱りつける。だが、夫の目も真っ赤だ。呼応するように他の者も口々に言い始める。

「でもよ、過去には遅咲きの巫女だっていたんだろう？　わからんよ、突然、目覚めるかもしれないしな」

「明日だよ……アメリア様の誕生日は。巫女の力が目覚めてしまうのだろうかねぇ……」

「そうだねぇ……」

「誰か〝カートライト家の呪い〟を解いてくれないだろうか」

「本当に……アメリア様が健気に自力で解こうとして〝竜の碑石〟に通っているのは知っているけど、間に合ってほしいねぇ」

そう口々に言い合って、溜め息を吐くのだった。


森の細道を馬で駆け抜けると、猫の額ほどの開けた場所に着く。そこは生い茂る森林の端にあり、巨石が鎮座していた。見上げるほどに大きく、大地に根付くように佇んでいる。きっと埋もれている部分はもっと大きいのだろう。

その巨石をえぐり取ったような形で洞窟ができていた。この洞窟は古代に竜が住んでいたと伝えられており〝竜の住処《すみか》〟と呼ばれている。中へ入ると大層広く、天井も高い。

旅人の良い無料宿となるようで、火を熾《おこ》した跡があることもしばしばだ。

「……!?」

先頭を走っていたアメリアは馬を止める。洞窟の前に一人、男がいたのだ。それも招かれざる客だ。アメリアのすぐ後ろについてきていたテオが急いで馬を下り、アメリアの前に立ち塞がる。

「テオ、いいわ」

アメリアも馬から下り、男に略式の挨拶をする。何故男がここにいるかは知っている。無礼な訪問だが、それでも相手は自分が先に礼儀を示さなくてはならない人物だ。

「ウェルズリー伯爵様、我が領地に何かご用でも？」

白髪の交じった黒髪を丁寧に撫でつけ、切れ長の目をした中年の男は、神経質そうに自分の首を撫でる。体つきも性格を表すかのように細身で、剣など扱ったことがない文官のような印象がある。

この男は隣の領地ウェルズリーの主で、名はデール。本来領主になる予定の兄が急逝し、次男の彼が領地を受け継いだ。

デールは飄々《ひょうひょう》とした様子で、アメリアを眺めてから洞窟に視線を移す。

「私の領地であるこの場所にいては、いけないのかね？」

悪びれもせずそう言った。

「ここはカートライト家の領地です。いくら隣同士で近いとはいえ、了承もなく入ってこられては困ります。入るのでしたら、きちんと領境に設置された門から入るという手順をお踏みください」

アメリアの言葉にデールは「フン」と鼻を鳴らし、また首筋を撫でる。

「前から言っているが、ここは我がウェルズリー家の領地だ。地図にもそう記されている。『ここはカートライト家のもの』と言って、勝手に踏み込んでいるのはそちらではないか！」

「その件に関しては、何度も私の父とお話をされて、国王陛下をも巻き込んだではありませんか。その結果、陛下が『この竜の住処周辺はカートライトの領地』とお決めになったんです。陛下の決定を覆すおつもりですか？」

「そのカートライト家と過去に『竜を倒したら、竜の住処周辺の土地を引き渡す』との書面を交わしたのだ！　約束に背いて、図々しくも未だにこの土地を支配しているそちらがおかしい！」

「それも『古すぎて無効』と判断されたと伺っております。それに、デール様の亡きお兄様がウェルズリー家の当主だったときに交わした領境についての書類が最新で、それが決定打だったと」

「今のウェルズリーの当主は私だ！　兄と交わした書類など既に無効だろう！」

デールの細い目がカッと見開かれ、アメリアを威嚇する。怒りで肩を震わせながら近づいてくる彼の前に、テオが立ちはだかった。

テオが鞘に収めたままの剣を突き出すと、デールは急に肩を落とし狼狽えながら後ろへ下がる。

「ご不満があるのなら、国王陛下に直訴を。——おそらく『またか』と辟易《へきえき》されるでしょうけど。あまりしつこくご主張を繰り返していると、陛下のお怒りを買うのではありませんか？」

テオの言葉に、デールは憎々しげにアメリアを睨みながら去っていった。馬の蹄《ひづめ》の音が次第に小さくなって聞こえなくなったところで、アメリアはようやく胸を撫で下ろす。

「また懲りずに来てるとは思わなかったわ。テオ、守ってくれてありがとう」

「いえ、護衛ですから。——ちゃんと護衛らしいでしょう？　俺」

ニッとおどけてみせるテオに、「そうね」とアメリアは頬を緩める。同時に強張っていた顔も身体も解《ほぐ》れた。思ったよりデールとのやりとりに緊張していたようだ。

ウェルズリー領はカートライト領と同じく、古代に各領地の支配者が王と名乗っていた頃から続いている名家だ。しかも、〝竜の呪い〟の口承にも関わっている。

『昔、王の娘に先見の力を持つ者あり。この地を守りし竜、それを番《つがい》に望む。娘、これを厭い、隣国の王に乞うて竜を殺めせしむ。竜、憤怒して娘を呪う。娘息絶えたのち、王の血を受く女、たびたび先見の力と胸の痣を持ちて、十八の歳に死す。花の赤く染まるがその兆しなり』

この口承にある『隣国の王』とは、ウェルズリー領の先祖のことだと言われている。この竜殺しの報酬として竜の住処周辺の土地をもらう約束だったとデールは主張しているのだ。

確かに口承では竜は倒されている。しかし、お伽話として伝えられているものに信憑性はなく、証拠として提出された覚え書きも虫食いがあったり、ところどころ文字が消えていたりする。かろうじて読める部分も古代語で、翻訳したところでそんな約束事に関する記述はなかったため、無効とされた。それに対しデールの前の領主であった彼の兄とアメリアの父が交わした書類は鮮明で、何より新しいことから、こちらが有効だと決定されたのだ。

それなのに、デールは諦めきれないようで、こうして度々カートライト領に入って竜の住処周辺をうろついている。どうやら『竜は希少な鉱石を溜め込む習性がある』という伝説を鵜呑みにしているようで、資産として有用なその鉱石を狙って執着しているらしい。

(今までそんな鉱石出たことないわよ。それこそ夢物語だわ)

まだ自身が受けている呪いの方が信憑性があるとアメリアは思う。

「ああ、なんだかやる気が削がれた気分」

洞窟の横に設置された碑石を眺めながら呟く。すると、テオが馬から籠を持ってきてアメリアに見せた。

「なら気分転換に、カートライト家の優秀なシェフが作った美味しい朝食はいかがでしょうか？　姫様」

「いいわね、そうしましょう」

「承知しました。用意しますのでしばらくお待ちを」

テオはそう言い恭《うやうや》しく頭を下げると、入っていた布を手早く敷き、籠の中の食べ物を並べていく。

アメリアはその間、花を摘んだ。デールが帰り際に蹴るように散らしたラベンダーだ。呪われた運命を背負った娘にとっては恐ろしい花だが、アメリアはまだ半信半疑だった。

これが白から赤に変わると、先見の力と赤い痣を持つカートライトの娘の死期が近いのだという。

しかし、実際に自分の目で見たことがないアメリアにとっては、これも夢物語に思える。

(本当に赤く染まるのかしら？)

そう軽く考えているには理由がある。アメリアは胸に赤い痣があるのに、巫女《シビラ》としての力はないのだ。今のところ条件が欠けている。

大丈夫よ、きっと。そう思うのに、日に日に不安が大きくなっていく。

その原因は毎日のように見るあの夢だ。物心がついた頃から見ていた。自分が男に馬乗りになり、その胸に剣を突き刺しているのだ。

最初は恐ろしさに泣いたものだ。次第にその夢を見るのは当たり前になって、今では死に際の男の顔を見たくて仕方なくなった。

苦痛に吐く息が荒い。きっと涙で見えない彼の顔は、痛みで歪んでいるだろう。それでも見たくて仕方ない。

彼は私の愛しい男《ひと》だから——。

月日が経ち、成長するに従ってその夢は長くなり、一層明瞭になってきた。

あの夢の場所は竜の住処《こ こ》だ。

彼は竜だ。

そして竜を刺し殺すのは、自分の遠い前世だ——私はずっと巫女だった……。

「アメリア様、朝食の準備が整いましたよ」

テオに呼ばれ、アメリアは現実に戻る。

大丈夫、いつもの夢だ。最近この夢を見るせいで寝不足なのかもしれない。

「あ、ありがとう、テオ」

夢の内容を振り払うように頭を振り、ラベンダーをまとめると、敷布に座った。

「テオも座って。立ったままで食べたら行儀が悪いわ」

「では、お言葉に甘えて」

このやりとりは竜の住処に通うようになってから、ずっと続いている。テオは自分はあくまでも護衛で、アメリアの忠実な僕《しもべ》。だから隣り合わせに座って食事をするなんて以ての外だ。

けれど――。

「ここには行儀に煩《うるさ》い父も母も、誰もいないわ。私しかいない。私がいいと言うのだから座って。それに一人寂しく食べさせる気なの？　テオったら思ったより情がないのね」

なんて拗《す》ねてみせたら、渋々ながらも一緒に座って食べてくれた。

テオの立場は重々承知している。けれど、二人きりのときくらいは領主の娘とその護衛という立場から離れ、幼なじみであり友人でいたい。

テオの方も毎回断るのは不毛だと知っているので、最初は形だけの遠慮を見せ、なおも誘われたら素直に応じてくれている。

テオが臨機応変に動いてくれる人で良かった。堅物に成長していたら、それこそここで毎回不毛なやりとりをしていた。

（でも、堅物で硬派なテオもいいかも）

アメリアはテオを見ながらそんなことを想像して、フフッと口角を上げる。

テオは孤児という暗い過去を持っているが、それを感じさせない明るさがある。誰に対しても素直で堂々として、貴族に対してもデールと対峙したときのように物怖じしない。

それに顔立ちも良く、どこか品の良ささえ感じさせる。黄褐色の瞳と真っ直ぐな鼻梁《びりょう》、形よく結ぶ唇という容貌で真剣な表情をされて見つめられたら、きっと老若関係なく女性は頬を染めるだろう。

（……欠点は、接近してくる若い女性の気持ちに気づかない鈍感さかしら？）

もしかしたら気づいていて知らないふりをしているのかもしれないけれど、これはアメリアの個人的な願望だ。

（あとは……食いしん坊なところくらい？）

テオは「今日の食事も最高ですよ」と、バゲットを口いっぱいに頬張っている。相変わらずの豪快な食べ方だ。でも、城のシェフ曰く『美味しそうに何でも食べてくれるから、作りがいがある』そうだ。

豪快でもしっかり咀嚼し味わいながら食べる姿を見ていると、こちらまでお腹が空いてくる。今日のバゲットはソースが多くかかっていたのか、彼の口元に残っていた。

「テオったら、口にソースついてる」

アメリアはお節介と思いつつ籠に入っていたナフキンでテオの口元を拭う。不意に目が合った。

「……もう、テオは子供みたいよ」

そう言って笑いながら、ナフキンを彼の口に押しつけた。

「ありがとうございます」

アメリアもバゲットを頰張りながらテオの様子を盗み見する。まだ、どきどきと胸が高らかに鳴っている。

護衛だから彼は必ずついてきてくれる。けれど、昔のように肌が触れ合うほど近い距離で接することはなくなった。

それは、自分が彼を意識するようになったからだ。

ある日、突然に彼を〝一人の男性〟と見るようになった。それまでは、いつものように彼に近づき、瞳を覗き見していた。彼の琥珀色の瞳は美しい。黄褐色の光が古代の記憶を浮かび上がらせ、キラキラ輝きながら虹彩《こうさい》に浮遊しているように思う。

それが素晴らしく思えて、小さい頃からよく彼の瞳を覗き込んだものだ。そこに自分が映ると、彼の中に秘められたお伽話に入り込んで物語を演じているような錯覚を覚え、楽しくて仕方なかったから。

変わったのは自分が十四の頃だ。樹の根元で寝転び休んでいたテオに、悪戯心《いたずら》が起きた。彼の身体の上に飛び乗ったのだ。今思い出しても大胆なことをしたものだと顔が熱くなる。

彼は呻き声を出して目を覚まし、上半身を起こしながら自分を見つめた。

――知らなかった。彼の胸がこんなに硬いことを。起きた際によろけた自分を支えた腕の逞《たくま》しさを。

瞳の美しさに囚われていて、彼の成長に気づいていなかった。

いつも自分の我が儘を受け止めてくれる彼の優しさや、今まで自分が無事に過ごせてこられたのは彼のお陰だったという事実に改めて気づく。

年上だから当たり前だが、いつの間にか彼は、自分よりずっと先に大人になっていたのだ。今や誰からも一目置かれる騎士へと成長し、男らしさを兼ね備え、精悍《せいかん》で魅力的な青年となっていた。

ニコニコしながら彼の瞳をジッと見つめていた少女時代は、彼を〝男〟として意識したことで終わった。今は気恥ずかしくて、瞳どころか顔さえも近くで見つめることができない。

テオが一人の男だと気づいただけではない。自分もまた〝一人の女性〟であることに気づいた。

——彼に一番近い存在でいたい。一番長く傍にいる女性でいたい。

これは恋心だ。アメリアはこの恋に夢中になって、自分の身に襲いかかるかもしれない〝竜の呪い〟を忘れたいと何度も思った。

そうすれば夢の中に現れる顔の見えない男のことも、その男に短剣を突き立てる自分のことも忘れることができるのにと思うも——どこかで『忘れてはならない』と戒める自分がいることにも気づいていた。

朝食を摂り、気分も一新したところで、アメリアはさっそく碑石の文を写し始める。これを城に持ち帰り、学者から借りた書物と照らし合わせるのだ。

テオはその間、洞窟の中の掃除をする。旅人が無料宿として利用するので、乾いた枝などを拾って束ね、薪代わりに置いておく。ただ時にはマナーの悪い者が散らかして去って行くことがあるため、そのゴミを片付けたり汚れた部分を拭いたりといったこともしなければならない。なかなか手間がかかるのだ。

文を全て写し終わったアメリアは、最後の一行に違和感を覚えた。

（ここだけ、前の文より新しく見えるわ……）

碑石そのものが相当に古いもので、いつの時代に彫った文なのか見当もつかないが、それでも、最後の文だけ新しく思える。だとしても、アメリアの生きている時代よりはずっと前だろうけれど。

（……あとから誰か刻んだの？）

それが単なる悪戯で彫られた、全く関係のない内容だったら最低だ。いささかムッとしながらも、さっさと帰って訳を始めようと思いテオを呼んだ。

「テオ、帰るわ。……テオ？」

呼んでも返事がない。アメリアは不思議に思って洞窟の中に入る。

出入り口が大きく開いていても、やはり中は薄暗い。何度も来ているが心細くなり、アメリアは胸に手を当てながら奥へ進んでいく。

「テオ……？」

洞窟の途中にテオはいた。何もない空洞に名を呼ぶ声が反響しているのだから、彼の耳に届かないはずはない。なのに、ぼんやりと立ち尽くしていた。

「――テオ！」

いつもの彼らしくない様子に、アメリアは駆け寄って腕を掴む。するとテオは、我に返ったようにアメリアを見つめた。

「アメリア……様？」

まるで初めて名を呼ばれたような拙《つたな》い彼の口調にアメリアは眉を顰《ひそ》める。

「テオ……？」

「あ……はい、すみません。立ったまま寝てたようです」

冗談とわかっているが、アメリアは笑えず口を尖らせる。

テオは竜の住処に来ると、ときたまおかしい様子を見せる。声を掛けるとすぐ元の彼に戻るので、疲れてボンヤリしているという言葉を信じているが。

しかし今日は、腕まで掴まないと自分が近づいているのも気づかなかったなんて、心配になってくる。

「悪い冗談だわ。呼んでも返事はしないし、ぼんやりしているし」

「本当に寝てたみたいです。……これを見ていたら、頭の中が真っ白になって……」

と壁の一部に触れる。ここには何度か来ているが、今まで気づかなかった。それは幾つかの削り痕だった。爪のような痕で、人のものではない。動物にしても大きなものだ。この辺りの大型動物といえば熊だが、その爪とは比べものにならないほど大きい。かなり古い削り痕で、旅人が悪戯したものではないとわかる。

「この洞窟は大昔に竜が住処にしていたそうだから、竜が掘った爪痕かもしれないわね。

まあ、人が道具を使ってそれらしく削っただけかもしれないけれど」

「現実的な推測ですね。アメリア様なら『竜の爪痕を発見したわ』と大騒ぎすると思っていました」

「呪いについて調べていくうちに、たくさんの視点からの考察が出てきて、非現実的な話には否定的になってきてるのよ。『カートライト家の巫女《シビラ》の能力を受け継いだ女性限定の呪い』だって、血の変異によって起きた病である可能性の方がずっと高いって思うようになったし。巫女の能力が出たことによって、血が変異して短命になったと考えた方が納得できるわ。私の場合……血の変異が中途半端だった。だから胸に痣はあるけれど巫女の能力は出てこない——そう考える方が論理的じゃない？」

「では、カートライト領に伝わる竜も、この竜の住処も単なるお伽話だとアメリア様はお思いに？」

「竜がいて、ここに住んでいたというのは信じるわ」

「そこは否定しないんですか」

目を丸くするテオの手を引きながら、アメリアは快活に笑う。

「だってその方が浪漫があるじゃない？　私、自分のご先祖様が竜を殺したという口承も信じていないの。他の文献で読んだ『この地で人を支配する者の娘には巫女の力があり、この地の自然と精霊を支配する竜とも交友を深め、相思相愛となり、夫婦となった』って話の方が夢があって素敵じゃない」

「そりゃあ、そうですね」

二人で洞窟から出て古い碑石を眺める。

「全ての文字を写し終えたわ。あとは翻訳するだけよ。私ね、ここの洞窟の周辺にカートライト家の血の秘密の鍵があると思っているの。碑石に、その原因となることが書かれているんじゃないかって期待しているのよ」

「書いてあるといいですね。いえ、絶対に手がかりが書かれていますよ」

「ありがとう、テオ。もし本当に呪いの類だとしても、それを解くヒントが得られたらいいのだけど……」

「アメリア様には巫女《シビラ》としての能力はないのに、呪いを解く方法を探して、こうして竜の洞窟へ来て碑石の文字を写しては、翻訳しようとしてらっしゃる。立派だと思います」

テオの賞賛に、アメリアは顔を曇らせて口を開いた。

「カートライト家から出る巫女には、生まれながらに先見の能力がある者と、あとから開花する者の二種類あるのよ。……だから私も油断できないの。呪いの解明と解呪の方法を見つけ出すのは、自分のためでもあるわ。決して立派ではないのよ」

アメリアは巫女としての能力を持たずに生まれてきた。そもそも、カートライト家に生まれた女性全てに力が発現するわけではない。一、二代置いて発現するなど、隔世遺伝のようなものだと言われている。

長く続いてきたカートライト家の呪いが発現する者には、いくつか条件がある。カートライト家の血を引いていること、胸に赤い痣があること、巫女の力を持つ女性であること。それは大体先見や失せ物探しといった能力である。

そんな呪いを受けたカートライト家の血が絶えることなく、また古くからこの地で栄えているのは、巫女の能力を持つ女性が生まれるからだ。

特に先見の力は冴えていて、災害を回避し、より良い選択を啓示することで一族や領民を救うのだという。

しかし――その力を持った女性は、十八の歳で亡くなるのだ。死因は他殺であったり、自殺であったりと定まっていない。突然、事切れていたこともあったという。調べても何らかの病の痕跡はなかったそうだ。

アメリアの前に赤い痣を持って生まれたのは大叔母だった。彼女は成長するに従って巫女としての力が大きくなったと父が話してくれた。彼女も例に漏れず、十八の歳に亡くなった。自殺だと聞いている。

十八の歳を過ぎるまで油断できない。今この場で巫女《シビラ》としての力に目覚めるかもしれない。目覚めなくても咲き誇るラベンダーが白から赤に染まり、死期が近づいていると知らせるかもしれない。

（たとえ呪いの解明が間に合わなくて私が死んでも、これから痣を持って生まれるカートライト家の女性のために謎を解ければ……）

そこまで考えたところで、自分の本心に泣きたくなった。

（違う……！　私はまだ死にたくない、まだ生きたい。恋をして、叶えて、愛する人の傍で子供を産んで、お婆ちゃんになって……ずっと……）

こんな感情に振り回されるようになったのは、恋というものを知ってしまったからだ。それまでは死に対して潔い考えを持っていた。「微笑みながら死ねるなら、きっと死も悪くないのだろう」と。

どうしてか、呪いで亡くなった女性は皆、微笑みを浮かべているという。それも謎の一つだが、何にせよ儚くなる瞬間まで幸せだったからこそ微笑むのだろう。痛みや辛さなど感じないのならきっと死も怖くない。

――でも、テオを好きになってしまったことで、いつも気持ちが揺らいでいる。

今は主として彼を縛り付けておける。

自分は領主の娘で、彼は出自のわからない孤児。テオも自分のことが好きだとしても、身分差ゆえに結婚などできない。

けれど自分が生き続ける限り、彼が自分をただの主人と見ていても、このまま縛り付けておくことができる。傍に置けるのだ。

ううん、それは駄目。彼の自由を取り上げるなんて。いくら好きでも自分の欲望に任せて彼を囲おうなんて。

なんて浅ましい汚い考えなのか。

けれど、もし呪いを解く方法が判明し、無事それが解けたら、彼に想いを伝えてもいいのではないだろうか？

こんな想いを叶えるために、自分は竜の呪いを解こうとしている。

（馬鹿ね。『もし』なんて、本当に実現するかもわからないのよ？　それに本当に呪いが解けたって、テオと結ばれる可能性なんか最初からないのに）

ぐるぐると定まらない想いに、アメリアは憂鬱な気分になりそうだった。

（……いけないわ。前向きに考えましょう。とにかく呪いを解く糸口は手にしているんだから）

碑文を訳せたら、全貌がわかる、きっと。見通しは明るいに決まっている。

ほの暗い未来予想図に落ち込んでいる場合じゃない、自分自身を鼓舞しなくては。

自分を奮い立たせているアメリアの肩に手が乗る。テオだ。見上げると、テオの顔がすぐ近くにあって、驚いて視線を合わせた。

彼の琥珀色の瞳に光が当たる。そうすると更に神秘的な輝きを見せた。彼の瞳の中の琥珀がアメリアを捕らえ、そこに引き込もうとしているかのようだ。

「アメリア様、ご自分の気持ちに正直になっていいんです」

彼の瞳から目が離せない中、そう囁いてくる。

「自分の気持ちに正直に……」

自分の想いを見透かしたようなテオの言葉に狼狽えるが、それでも視線を逸らせずにいた。

強く放つ彼の瞳の光にアメリアは惹かれたのだ。

そう、初めて出逢ったときから。

孤児院で初めて会ったとき、名前しか覚えてなかったテオ。教えられたその名さえも本当の名前かどうかわからない——そんな不安そうな表情をしていた。

けれど、小さなアメリアは彼を欲した。それは彼の瞳に惹かれたからだ。

（ああ、本当に彼の瞳の中に入ることができたら……テオの秘密になりたい）

アメリアは当たり前のように両手でテオの頬に触れた。

遠い昔、幼かった彼の頬に触れたその頃よりも硬く、大人として成長を遂げた証拠とも言える髭の剃り跡の感触もある。アメリアにとって、とても新鮮でずっと触れていたくなる。

そう、テオはいつだって自分のことをわかってくれる。言葉にしなくても汲み取って行動してくれる。それのなんて心地好いことか。

「俺はアメリア様のためならなんでもしてみせます。……竜だって倒してみせます」

「本当に？」

「はい、なんでも言いつけてください」

温かい黄褐色のテオの瞳が、鋭くて冷たい光を放った。それに誘われ、アメリアは本音を口にする。

「傍にいてくれる？　ずっと、ずっと……よ？」

「ええ、勿論です」

「私がお婆ちゃんになっても、よ」

「はい」

「……誰かと結婚なんてしないで」

アメリアの言葉にテオは瞳を細めて微笑む。それがいつもの豪快な笑いと違って、酷く魅惑的でクラクラする。

「俺の心は、いつだってアメリア様のものです。出逢った頃から。ずっと、ずっと昔から……この、俺とアメリア様の隔たりを憎むほどです」

「ずっと、昔から。そうなのね」

嬉しい、と微笑むと、ごく自然に瞳を閉じた。それと同時に、かさついた感触が頬に触れる。吐息が近づいてきてアメリアは夢心地になった。

いよいよ唇が重なり合う、と期待したアメリアに、森の動物たちは非情であった。

茂みを揺らし大きな音を立てながら、兎が飛び出してきたのだ。

兎は二人の真横を走り抜け、また茂みに飛び込んでいった。

虚をつかれ、テオは初めて自分のしていることに気づいたとでもいうように、「すみません」と素早くアメリアから離れた。

「……ううん、こっちこそごめんなさい。テオに甘えてしまって」

気まずい雰囲気が流れる。

結局、そのまま二人、無言でカートライト城に戻った。

第二章

夕餉《ゆうげ》の時間。カートライト伯爵家の家族が揃う。長テーブルの端に家族四人が身体を寄せ合って座り、今日一日の話をしながら一家団欒《だんらん》を楽しむ時間だ。

テオは給仕の者と共に傍らに待機し、食事が済むまでアメリアを含むカートライト一家を見守る役目を任されていた。食事の時間は遅れるが、その分柔らかい部分の肉や白パンなどの恩恵が与えられる。テオにとっては役得なのだ。

「姉さん。またウェルズリーの伯爵様が竜の住処にいたそうだね」

全員にメインディッシュが行き渡り、さっそくナイフとフォークを使って各々口に運ぶ。

そんな中、アメリアに話しかけてきたのは彼女の弟であるハロルドだ。金髪に緑の瞳と、アメリアと似た容貌をした十三歳の少年で、その顔にはまだ幼さが残っている。

「仕方のないお方だ。まだあの辺りに執着しているのか」

父であるカートライト伯が呆れたように息を吐いた。それに対して心配性の母は、青い顔をしてアメリアに尋ねる。

「アメリア、何かされなかった？」

「平気よ、テオが守ってくれたもの。被害は伯に蹴散らされたラベンダーくらいね」

母の心配を余所にアメリアは平然と答え、パンをちぎって口に入れる。

そんな様子の娘に、母はますます眉尻を下げた。

「もう、貴女は結婚してもいい年頃なのよ？　少しは行動を慎んで大人しく部屋で刺繍や編み物でもしていてちょうだい」

「いずれね。今は碑石に書かれた文字の翻訳の方が大事だわ」

さらりと答えるアメリアにテオは苦笑する。彼女が刺繍や編み物など苦手だと知っているがゆえだ。夫人だって娘の不器用さを知らないはずはない。だからこそ、少しは練習をしてほしくて言うのだろう。

「特に明日は部屋にいてちょうだい。わかったわね？」

「明日からは当分、自室で翻訳よ」

母の本気を前にしても、彼女は我関せずといった様子で言い返した。

そんな娘の態度に母は呆れ顔をし、父とハロルドは苦笑している。

「姉さんは学者になれそうだよね」

「そうだな」

何の気なしに言ったハロルドの言葉に、伯も夫人も「そうね」と軽く相槌を打って微笑むだけだ。

アメリアの未来の話になると、伯も夫人も曖昧な態度になる。それは、どう反応していいのかわからない、といった気持ちゆえだろう。伯もカートライト家に嫁いできた夫人も、竜の呪いについてよく知っているからだ。

だから明日はアメリアの十八の誕生日なのに、浮かれた会話もしない。まるで彼女の誕生日などないかのように。アメリア自身も無視している様子だ。

勿論、ハロルドもそのことを知っている。つい出してしまった言葉に「しまった」というような表情をして、肉を口に入れた。

「――あ」と、突然何かを思い出したのか、ハロルドは肉を咀嚼した後に口を開いた。

「麦を仕入れに来た商人から聞いたんですけれど、エクルス国の偉い貴族が行方不明の孫を探しているらしいですよ。懸賞金がかけられているって。父上は知っていました？」

「ああ、クレイトン侯爵の後継ぎだそうだ。十年以上前にエクルスで内紛が起きたとき、侯爵家も標的になったそうでね。護衛の者たちに孫を任せ、国を脱出させたらしい。それらしき者たちが我がダフィルドに入国したという目撃情報があって、協力するよう陛下から各貴族に書簡が送られてきた」

「まあ、大々的なのね」

「本当ね。もしかしたらクレイトン家って、エクルスでは大貴族なの？」

アメリアも夫人も、関心がそちらに向いたのか目を輝かせている。

「エクルス国の重鎮を務めていたし、エクルス国王とも親族関係にある血筋だ。だからその内紛時に狙われたのだろう」

「でも、行方不明のお孫さんの情報は？　顔とか身体的特徴はわからないの？」

「生きていれば二十二歳で、髪の色は黒で瞳は黄褐色。背中に特徴的な痣があるそうだ」

「それだけ？　『二十二になっていたら、こんな顔』みたいな似顔絵はないの？　ご両親の顔を参考に、ある程度描けるのではないかしら？」

「想像で描いたという似顔絵は、国王陛下がお持ちだ。……模写してもらえれば、各領地に配ることも可能か。陛下に進言してみよう」

「陛下の近くには優秀な臣下がおりますよ、あなた。きっととうに進言しておりますわ」

ふむ、と生真面目な顔をした伯に、夫人は快活に笑いながら言った。

「名前は、なんて言うのかしら？」

と尋ねたアメリアに、伯は「確か」と一呼吸して答えた。

「『テオバルト』という名前のお方だそうだ」

「へえ、テオに名前が近いじゃないですか。特徴は同じだから、もしかしたらテオじゃない？」

ハロルドの言葉に、アメリアの家族のみならず、そこにいた使用人たちも一斉にテオに視線を向けた。確かに特徴と一致する、というように。

「そうよねえ、テオは途中から孤児院に入ったそうだし……」

夫人が息子の意見に同調する。

テオは慌てて「違う」と手を振った。

「――俺は違うと思いますよ。だって、そのテオバルト様は護衛の者と一緒にこのダフィルド国へ逃げてきたんでしょう？　俺はこの国で両親と暮らしていた記憶があるし。そもそも、黒髪に黄褐色の瞳を持つ二十二歳なんて、それこそダフィルドに数え切れないほどいますよ」

「そうだったわね。ご飯が足りなくて逃げ出してきたんだったわよね。お母様と私の乗る馬車を追いかけてきて、びっくりした思い出があるわ」

アメリアがそう言うと「食いしん坊のテオらしい」と笑いが起きた。

「いや、そうは言ってもですよ？　あれしきの量じゃ育ち盛りの子供には足りませんって」

「まあまあ、テオの証言のお陰で孤児院の食事を改善できたんだ。孤児院の子供たちは、テオには感謝していたぞ」

「腹一杯食べられるようになって喜んでました。旦那様には感謝してもしきれません」

とテオは改めて、というように頭を下げた。

「領地内の管理をするのは当たり前だよ」

照れくさそうに笑う伯と、そんな夫を誇らしげに見つめる夫人。そして、明るく朗らかな娘と息子。絵に描いたような家族で、幸せな団欒だ。

テオは食事の恩恵だけを楽しみに、こうして見守っているのではない。カートライト家の団欒を見るのが、とても好きなのだ。

長い間呪いを背負っている一族とは思えない、和やかで温かい光景。それがテオの心の内に根付き育っている闇を、薄めてくれる気がする。

――いつからだろう。自分の中にもう一人、別人格がいると感じるようになったのは。

そう思って記憶を遡っていけば、幼い少年であったアメリアと出会ったときから始まっている気がする。

　夫人は月に一度、孤児院へ慰問に来ていた。ある日そこへ、初めて小さな女の子を連れてきたのだ。テオはそのときの衝撃を鮮明に覚えている。

　波打つ金髪は日の光を集めたよう。翠緑色《すいりょく》の瞳は朝露を含んだように揺れていて。日に焼けていない白い肌をほんのりと染めた桃色の頬。

　――こんな、お人形みたいな女の子っているんだ。

　目が離せなかった。自分がジッと見つめているのに気づいたのか、女の子は軽やかな足取りで近づいてきて「初めまして」と言った。どう言葉を返していいのかまごついた自分に、女の子は言った。

「貴方、綺麗な目をしてるのね」と。

　綺麗なのはあんたの方だよと答えたら、女の子は「ううん」と思いっきり頭を振りながら言う。

「琥珀という宝石があるの。お母様がとても大事にしているのよ。たまに見せてもらうけれど、とーっても綺麗なの！　その宝石とおんなじ色なの」

　パチパチと瞬きをしながら女の子は喋る。瞬きと一緒にけぶる睫毛が揺れる。細かい様子までわかるのは、女の子がとても近くにいるから。

動悸が激しい。顔が熱い。呼吸が苦しい――見つめられると自分が自分でなくなりそう。知ってる気がする、身体に襲いかかってくるような感情。

恋だ。これが恋だ。

瞳を覗き込んでくる女の子に自分の名前を告げた。

「俺はテオ。あんたの名前は……？」

「わたし、アメリア。……テオっていうのね、テオ、テオ。覚えたわ」

彼女はそう無邪気に笑った。身体に羽が生えて、ふんわりと浮いた気がした。もうイチコロだった。彼女の虜になった。

慰問から帰るアメリアに手を振った。彼女の方も手を振って、それから馬車に乗って、見えなくなってしまった。それがとても哀しくて、走って馬車を追いかけた。

彼女の傍にいたい。彼女の顔をずっと見ていたい。

アメリア、アメリア、アメリア、アメリアアメリア――は俺の、俺のもの。

狂ったような感情が自分を襲う。

アメリアがいなくては自分が自分じゃない気がした。

自分が自分として生きられない気もした。

感情をどこかに浚《さら》われてしまうような気がした。

とにかく、彼女がいないとこの世に生きている価値などないような想いに囚われたのだ。アメリアの傍にいなくてはならない――それこそ自分が、ここにいる理由なんだ。たくさんの想いが怒濤のようにテオの身体を巡る。どうしてそんな感情が生まれ出たのか自分自身でも謎だが、それが殊の外しっくりときたものだから、深く考えなかった。

この想いが伝わったのか馬車が停まり、中からアメリアが飛び出してきた。

「テオをうちのお城で雇っては駄目？」

彼女は馬車の中で、そう夫人に懇願してくれたのだそうだ。

――それから伯に会い、正式にカートライト家に仕えることになった。

『ご飯が足りなくて逃げ出してきた』なんて、咄嗟《とっさ》についた嘘だ。ただ、彼女の傍にいたかった。

死にもの狂いに兵士としての鍛錬を積んだのは、快く使用人にしてくれたことへの恩返しだ。読み書きを覚えたのはアメリアと共に書物を読むため、誰よりも強くなったのはアメリアの傍にいるためだ。

――けれど、アメリアと自分には、越えることのできない隔たりがある。

（わかっている。領主の娘に対して出自のわからない孤児の自分では、護衛止まりだ）

成人の儀で王都の舞踏会に出向いた彼女に護衛として付き添ったが、それだけだ。

自分も着飾って共に踊る、なんてできるはずもなかった。唇を噛み締めながら、彼女が他の男たちと楽しく踊っている光景を見ているしかなかった。

〝カートライト家の呪い〟は有名だから国中に伝わっていると思っていたが、遠方にある王都には広まっていないようで、男たちは皆、競うようにアメリアとダンスを踊りたがっていた。

彼らが着飾ったアメリアの手を取る。彼女は微笑みながら彼らと踊る――その姿を見たとき「『この姫様は呪い持ちの家の娘だ』と触れ回れ」と、卑怯な囁きがテオを支配した。そのたびに「彼女の信用を失ってしまう、駄目だ」と、腹の奥からせり上がってくる黒い感情を抑えた。

けれど――負の感情は止まらない。彼女の手を取りダンスを踊る男たちが呪われた女子を産むカートライト家の娘だと知った途端、手を振り払い逃げ出すのを期待する自分がいた。

噂とは残酷だ。領民のほとんどは呪いについて同情的だが、全員ではない。「呪いが移る」などと根拠のないことを囁かれ、貴族平民関係なく同じ年頃の子女たちとは接点もなく過ごしたアメリアの寂しい幼少時代を、テオは知っている。

知っているからこそ期待し——そして、そんな自分が恐ろしいと思った。

アメリアを独占したい気持ちは、年々強くなり、大きく、黒く膨らんでいく。

同時に、彼女の護衛として付き従っていたときの楽しい思い出が、その黒いものに取り込まれていく気がした。

それは光を一切通さない泥沼のようにどろりと広がって、自分を侵していく。

どうしてそうなったのかわからない。一目惚れ、という言葉すら生ぬるいともいえるこの感情はなんなのか？

恋情だ。恋情のはずだ。

なのに、誰かが『それが恋情のはずがないだろう』と、頭の中で囁いて笑う。

（——まただ）

恐ろしさに背中が粟立つ。

「テオ、顔色が悪いわ。具合が良くないんじゃなくて？」

アメリアの声にハッとする。気づくと皆から注目を浴びている。よほど顔色が悪いのか、夫妻もハロルドも給仕の者も、心配そうにこちらを見つめていた。

「すみません……少々寒気が」

「それはいかんな。ここはもういいから休みなさい。あとで薬を持っていかせよう」

伯の言葉にテオは素直に従う。

「すみません。では、ありがたく……失礼いたします」

そう頭を下げて、自分の部屋に向かった。

騎士という称号を授かって、テオは個室を与えられた。それは今の彼にとって、とても都合が良かった。

アメリアに初めて会ったときの衝撃から、テオの中にもう一人誰かがいるような感覚が生まれて、それが年々強く主張してくるようになった。

アメリアの十八の誕生日は明日なのに、最近は日に一度は記憶が飛ぶことさえある。相部屋だったら、そんな自分の状態を気味悪がった同僚が伯に話すに違いない。

（今日も、洞窟に入って……意識が飛んでいた。しかも、アメリア様に告白のような言葉を吐いて、あまつさえ、キスまでしようとするなんて……）

竜の住処といわれている洞窟に行くと、更に酷い。頭の中の誰かがはっきりと語りかけてきて、自分が自分でない感覚がある。

ボンヤリしていたくせに、自分が吐いた言葉だけはしっかりと覚えているなんて。

（どうなってんだ、俺）

あのとき急に意識がはっきりして慌ててアメリアから離れたが、彼女も自分の不自然な行動を不審に思っているに違いない。折を見て、もう一度謝罪した方がいいだろう。

彼女にだけは一欠片《かけら》も嫌われたくない。

ようやく自分の部屋に入ると、鍵をかけ、寝台へ倒れ込む。本気で頭痛がしてくる。

今は、脳内で囁いてくる奇妙な声をどうにかするのが先だ。アメリアを想うあまり、もう一人の自分が生まれたのか？　との恐ろしい考えに、背筋から冷や汗が出てくる。

今までどうにか周囲に悟られないよう努めてきたが、このままだとカートライト家での自分の立場が危うくなってくる。

いや、伯に正直に話し、一度アメリアから離れて、どこかで療養をした方がいいのかもしれない。

だが今は、彼女の命が危ぶまれている大変な時期だ。ここで離れてはいけない。

何より――自分自身が望んでいない、嫌だ。

「……嫌だ。アメリア様の護衛は俺がやる、これからも。誰にもその座を渡すものか」

そうだ、ここで護衛を下りたらもう、アメリアの傍にはいられない。

『――彼女を殺すか。そうすれば彼女は誰のものにもならない。永遠にお前のものだ』

激しい頭の痛みとともにまた誰かが恐ろしい言葉を囁いてきて、顔をしかめる。

「なんでだよ……だからって、どうしてそんな馬鹿げた答えを……」

その囁きにテオは耳を傾け、応えてしまった。いや、あまりの痛みの中で、つい応えてしまったという方が正しい。

『誰にも渡したくないのだろう？　なら答えは出てるじゃないか。自分のものにしてしまえ』

「……う、るさい……っ、黙れ」

ニヤッと、もう一人の自分がほくそ笑んだのに気づく。この声に応えてはいけなかったのだ。己の失敗に、テオは悔しさで枕を叩いた。

『惚れているのだろう、なら思うように行動すればいい。何、大丈夫さ。女はお前に惚れている。喜んで抱きついてくる』

「できるわけ、ないだろう。身分違いだ。アメリア様は自分に相応しい身分の者と結婚する。もう出てくるな、俺から出ていけ……！」

『それこそできるわけがない。俺はお前の過去だ。なあ、本当にそれでいいのか？　女は呪いでもうじき死ぬだろう。そんな女、誰が娶《めと》るというんだ？』

「……呪いで死なないかもしれない、いや、死なせない……っ」

ハハハハ！　と笑い声が頭に響く。

「よせ……、ますます頭が痛む」

『お前が女に運命を感じたその瞬間から、呪いは始まっている。……本当は気づいているのだろう？　俺はお前だ。黒い、闇のお前だ。遠い前世で自ら闇に入った俺だ。女への執着は恋情だの愛だのじゃない。──殺意だよ』

「嘘だ、信じない！　……お前、本当は悪魔だな……？　くそっ……！　こんな奴に取り憑かれて……」

『嘘つきはお前だよ、テオ。俺のことを悪魔だなんて思ってもいないくせに。俺はお前だからなんでもお見通しだ。お前はあの女とヤリたくて仕方ないのさ。そうして女の身も心も自分に夢中にさせて死という絶望を与えたいのだ。──二度と生まれ変わりたくないほどの、な』

そうだ、気づいていた。自分の中にいるのは〝自分〟だ。悪魔でもないし、もう一人の自分でもない。

アメリアと初めて出逢ったときの衝撃で生まれたものじゃない。自分が生まれた頃からずっといて、彼女と再会して目覚めたんだ。

ゾッとする確信に頭を抱えていると、急なノックの音がしてテオは扉に視線を向ける。

「テオ、入っていい？　薬湯を持ってきたの」

アメリアの声にテオは震えた。なんだってこんな、こんな繕えないときに。

（ああ、でも……）

自分を心配して自らの手で薬湯を持ってきてくれた、彼女の優しさに触れたい。

『あの女は、お前に惚れている』

そうなのだろうか？　ただ、そう思いたいだけじゃないのか？

惚れられていなくても、好かれてはいる。

（だって、目を閉じて俺の次の行動を待っていた）

ああいう態度をされたら期待してしまうに決まっている。

そんな都合のいい解釈をして、テオはゆっくりと扉を開けた。

◆◆◆

（脂汗掻《か》いてた……大丈夫かしら）

テオが自室に引っ込んだ後、気が気ではなかったアメリアは食事を口に運ぶ手さえおろそかになり、早々に席から離れた。

それから厨房に出向き、奥にある薬草棚から風邪薬として調合してあるものを取り出し、煎じる。頭を抱えていたから頭痛に効くという薬草も入れた。

「アメリア様にとって、テオは特別なんですねぇ」

一緒についてきたライラが言う。

「当たり前だわ。十二年も一緒にいるのよ、家族同然じゃないの」

「あたしの方が、テオよりずっと長くお嬢様のお傍におりますよ」

「勿論、ライラが病気で倒れたら一生懸命看病するわ」

そう言って、拗ねた顔をしたライラの頬にキスをする。彼女の機嫌はあっという間に直り、アメリアに提案してくる。

「テオに熱が出ているようなら言ってくださいね。井戸から冷たい水を運んできますから」

「ありがとう、ライラ」

アメリアは笑顔を見せると、足早に、そして盆に載せた杯から薬湯が溢れないよう気をつけながら歩く。

ここ一ヶ月ばかり、ずっと竜の住処に付き合わせていたから疲労が溜まったんじゃ、と連れ回していたことを反省する。

自分は城に戻れば、好きに休め、何もしなくてもライラや使用人が世話を焼いてくれる。

けれどテオは違う。使用人という立場だから、城に戻ったらやることはたくさんある。休む暇などなかったのかもしれない。

(悪いことをしてしまったわ)

いつでもどこでもついてきてくれるから、つい甘えてしまっていた。

流行病の季節ではないけれど、ちょっとした風邪でも甘く見ていたら、体力が落ちてあっという間に儚くなってしまう民も多い。テオは同じ年頃の青年と比べたら体力はありそうだが、油断できない。

もし、命の灯火《ともしび》が消えて自分の前からいなくなってしまったら――。

(……怖い)

ぶるる、と身体が震え、薬湯が溢れないよう立ち止まったくらいだ。

〝竜の呪い〟を受けた娘として、自分は育ってきた。噂とは残酷だと知っている。「呪いが移る」などと噂され、同じ年頃の子女と接点もなく過ごした幼少時代は、暗く寂しいものだった。

そんな頃、光を与えてくれたのは――テオだ。テオが来てから寂しくなくなった。

彼は自分に恩義を感じているのか、ずっと傍にいてくれる。自分のために強くなり、また読み書きや礼儀も学んだ。自分に相応しい〝護衛〟として。

望めば、いつでも彼が傍にいてくれた。

彼が護衛という立場なのが寂しい、と思いながら、アメリアがその役目を解いてしまえば、彼は自分の傍からいなくなる。その方がより寂しくて哀しくなる。

自分にとって彼はなくてはならない存在だ。なのに、ずっと彼と人生を共にできないかもしれない。自分は先に死ぬかもしれない。けれど、先に死ななくても自分と彼の人生は交差できないのだ。想いの板挟みだ。

（テオが……ううん、私が、一歩踏み出してみたら……ううん、無理！）

思考はいつもそこで止まり、また繰り返す。恋というのは難しいとアメリアは溜め息を吐く。

明日が自分の十八の誕生日だとわかっている。けれど、本当に呪いが発現するのかはわからない。もしかしたら免れられるかもしれない、いいえ、きっと免れられる。だって巫女《シビラ》の力は自分にないもの――。

と、無理矢理テオとの恋についてああだこうだと想いを巡らせながら彼の自室の前に辿り着くと、「んん」と咳払いをして扉を叩いた。

「テオ、入っていい？　薬湯持ってきたの」

しばらくして扉が開き、テオが顔を出した。顔色の悪さにアメリアは慌てて彼を部屋に押し戻す。薬湯の盆を机に置くと、彼を引っ張り寝台に寝かしつけようと試みた。

「さっきより酷い顔じゃない！　そんなに具合が悪いのを我慢していたの？　ああ……ごめんなさい、私ったら一日一緒にいたのに全然気がつかなくて……」

汗は？　着替え持ってくる？　それより先に薬湯を飲んで、と半ば混乱状態で矢継ぎ早に話しかける。

寝台に座り、押しつけるように持たせた薬湯をちびちびと飲んでいるテオと不意に目が合う。

いつも見惚れてしまう琥珀色の目は健在だ。いや、いつもより輝いて見える。

（輝いて……る？）

テオの部屋は蠟燭《ろうそく》が一本しかない。その炎の心もとなさといったら部屋の四方に闇溜まりができるほどだ。そもそもテオの顔だって、仄かな蠟燭の灯りではよく見えないはずなのに、どうして瞳の色がはっきりとわかるのだろう？

（瞳の奥から光っている……？）

アメリアは半笑いした。獣じゃあるまいし。気のせいだ、きっと。だって今、瞳は薄闇に溶けてしまっている。きっと蠟燭の灯りが一瞬、瞳に映ったのだろうと一人納得した。

「最後までちゃんと飲んでね。私が煎じたのだから」

そう言ってわざと肩をそびやかす。

テオは微かに口元を緩めると一気に飲み干して、杯を盆に戻した。

「さあ、もう横になってちょうだい。寒気はない？　欲しいものはある？」

「随分、気にかけてくれるんですね」

「当たり前だわ。テオが体調を崩したのは、きっと私のせいだもの。毎日振り回していたから……ごめんなさい。今後は気をつけるわ」

「謝らないでください。護衛ですから当然のことです」

「でも……テオがこんなに顔色が悪いのを見るの、初めてで……」

「ちょっと頭が痛かっただけです。……でも、少し寒気はするかな」

「いけないわ。待ってて、すぐに毛布を――っ!?」

踵を返した途端、テオに腕を摑まれた。引っ張られ、倒れ込みながら彼の身体に乗りかかる。

「……えっ？」

何が何だかわからず呆けたアメリアにテオが囁いた。

「アメリア様が温めて……くれますか？」

「テ……オ」

すぐ近くにテオの顔がある。それだけじゃない。自分は今、横になった彼の身体の上に乗っている。

（毛布代わりということ？　どういう状況？）

思考はかなり混乱している。こういうとき、どうしたらいいのかわからない。領主の娘らしく高圧的に「無礼な真似はやめてちょうだい」と言って起き上がったらいいのか。幼なじみの戯れと見て「冗談はやめてよ」と笑いながら離れたらいいのか。

それとも、自分の想いを遂げる機会だと受け入れたらいいのか——。

手をついた場所は弾力のあるテオの胸だ。いつの間にか身に付けていた男らしい厚みと逞しさに、アメリアは更に気が動転する。

「俺を見て」

そう言うと、テオは両手でアメリアの頬を包む。剣だこのある硬くてしっかりとした大きな手。

「テオ」ともう一度名を呼ぶと、「俺を見て」と繰り返される。

薄闇の中で低く囁くような声は、これから秘密めいたことをするのだと語っている気がする。

アメリアは整った顔立ちのテオを見つめた。

薄い唇に高く形の良い鼻梁、僅《わず》かに存在するそばかす。日に焼けた健康的な肌の色。薄闇より暗い黒髪と揃いの色の長い睫毛は、宝石のように輝く瞳へ微かに影を落としている。

「相変わらず、綺麗な瞳の色……」

アメリアも消え入りそうな声で囁く。普段の声の大きさだと、この場の雰囲気を壊すような気がしたのだ。

「アメリア様は、小さい頃から俺の目が好きですね」

「だって綺麗なんですもの。地層からめったに見ない原石を掘り当てて、研磨して嵌め込んだみたい」

「俺の目だけですか？　好きなのは？」

「そんなわけ、ないわ。……そんなわけ……」

そんなわけない。けれど、彼の顔のパーツで一際目立つ瞳から目を離せない。蠟燭の灯りしかないのに、眩い陽の光の下にいるかのように光が浮かび上がり、半透明の黄褐色の瞳が何かを訴えている。

琥珀を閉じ込めたような瞳の色に囚われてしまった。いや、とうの昔に囚われている。

それをはっきりと意識したとき、自然と唇が重なり合っていた。

ぶつかるだけの軽い口づけを数回繰り返し、互いの温度差がないとわかるとピタリと唇と唇を合わせる。頬を押さえていたテオの手がアメリアの後頭部と肩に触れ、さらに引き寄せられる。

唇の形を確認するかのように角度を変えながら、無我夢中で重ね合う。興奮が増してきたのかアメリアの後頭部から梳かすように髪を何度も撫でられて、ごく自然に顎《あご》を摑まれる。

「――っん」

僅かに開いた歯列の間から、ぬめりのある厚いものが入り込んでくる。彼の舌だ。どうして舌が自分の口内に入るのだろう、と顔を上げようとしたが、強い力で引き戻されてしまう。

テオの強引さに面食らいながらも、アメリアは彼を受け入れる。

自分の口の中で他人の舌が蠢《うごめ》いているのが不思議だ。それにどう扱ったらいいのか。

テオの舌から逃げるように自分の舌を奥へ引っ込めたが、呆気なく絡め取られた。

「う、う、ん……っ」

その瞬間、ぞくぞくと背筋が粟立った。ひくつく身体を慰めるようにテオの手が背中を擦《さす》ってくる。その温もりの安心感と対照的に、口内で舌と舌が触れ合い、瞑った瞼の裏でチカチカと閃光がまたたく様に恐ろしささえ感じる。

そんな、ない交ぜになった感情と今の展開に頭が追いつかないままアメリアはテオのされるがままになっていた。

——でも、相手はテオだもの。

これが嫌いな、例えばウェルズリーのデールだったら、死にもの狂いで抵抗していただろう。

好きな相手から望まれて、抵抗する理由なんてない。

「んふっ、ふぅ、ぅ、んん、んっ」

口づけはますます深く強くなっていく。絡め取られた舌を強く吸い上げられたかと思うと、フッと唇が離れ、今度は歯列をなぞられたり、くるりと口内を掻き回されたりして、息が詰まり、声も上げられなくなった。

息が詰まるのはそれだけが原因じゃない。テオにされる一つ一つがアメリアにとって未知の行為で、強烈で——蠱惑《こわく》的だからだ。

感じたことのない甘い痺れが何度も身体の中を駆け抜けて、頭がぼんやりとしてくる。

アメリアの抵抗がないと知ってか、テオはますます口内を激しく犯し始めた。

くちゅくちゅと舌が擦れ合う卑猥な音が耳の奥に響く。

部屋の外にまで聞こえていたらどうしよう。戻ってくるのが遅いと心配したライラがこ

こを訪れたらどうしよう。

　テオから離れなくてはと思うのに、身体が言うことを聞かない。どうしようもなく心地好い。

　テオの身体に乗りかかり、彼の体温に包まれて、繰り返す口づけに酔いしれて。

（そうだわ、あのときもこうして彼と愛し合って……）

　不意に浮かんだ記憶にアメリアは引っかかりを感じる。

　——誰の思い出？　私のじゃない。じゃあ、誰の？

　次の瞬間、何の光景であるか悟り、身体が一気に冷えた。

　——いつも見る夢！

「ひっ……！」

　アメリアは弾けるようにテオから離れた。彼女の様子に、テオはやらかしたとばかりに焦りの表情を見せた。

「アメリア様、あ、あの……俺……そんなに怖がらせるつもりじゃなくて……」

「違うの、テオのせいじゃない。私、私が悪いの……」

「アメリア様は、何も悪くはありませんよ」

「違う、違うの……ごめんなさい、気が動転していて……っ、テ、テオが怖いわけじゃないの。折を見て話すから……今日はごめんなさい！　早く休んで！」

近づこうとするテオを制し、アメリアは逃げるように部屋から出ていった。

逃げてきた。逃げてしまった。アメリアは早足で自分の部屋へと急ぐ。

日に日に鮮明になっていく夢。自分が男に馬乗りになって心臓に剣を突き刺す――先ほど、テオの上に乗った自分と重なった。

そう思った瞬間、ぼやけてわからなかった男の顔が鮮明になったのだ。

――テオに瓜二つじゃないの。

（どうして？　どうしてテオの顔と重なったの？）

第一、どうして小さい頃からあの夢を繰り返し見るの？　ご先祖様が私に何かを伝えたいの？

「違う、違うわ……ああ……これは……巫女《シビラ》としての力？　……私……」

まさか今、このときになって能力が開花したの？

転げるように部屋に入り、寝台に飛び込んだ。

「どうして？　どうしてなの？　呪いなんて信じない、信じないから……！」

◆　◆　◆

気がつくとテオは竜の住処といわれる洞窟の前にいた。

どうやってここまで来たんだ？　とぐるりと顔を巡らせると、馬の嘶《いなな》きが聞こえる。馬で来たんだ。けれど、思い出せない。本当に馬に乗ってここに来たのか？　それまでの記憶がないことにゾッとする。

俺だけど俺じゃない奴の仕業だ。

「何故だ？　なぜ俺を受け入れようとした？　俺を殺したのに――」

知らず口から出た言葉にテオは訳がわからず、不快さだけが増す。

アメリアとの口づけだって、自分はあんなこと、するつもりはなかった。なのに、勝手に口と身体が動いた。

「ふざけるな……！」

身体を勝手に使った上に、訳のわからないことを言うな。

そう怒鳴ったのに声に乗らなかった。自分に戸惑う。どうなってるんだと。

フッと、頭に知らない記憶が浮かぶ。

目の前に倒れている女性を見て、泣き笑いしているのは自分だ。歓喜に咽《むせ》び、笑い、そして泣いて。

泣くほど嬉しいのか。女を殺したのが。

テオは呆れて呟いた。

『嬉しいね。でも、何回殺しても生まれ変わってくる。いつになったら転生を諦めるんだろうな、あの女は』

いったい、何を話してる？　そもそも、お前は誰なんだ？

『お前だよ、言ってるだろう？　ずっと昔のお前の記憶さ』

記憶が喋るのかよ。

はん、と鼻で笑ってみせたが、内心は慄いている。きっとこいつだってそれに気づいている。追い込んでくる。

逃げ出せない運命が始まる――

はっきりとそう自覚した瞬間、闇より暗い靄《もや》が頭の中を満たし、崩れ落ちるように地面に座り込んだ。

気持ち悪い。誰かが脳内に居座っている感覚に狂人のように叫びたくなったが、必死に耐える。

そんなとき、ラベンダーの香りが鼻につく。いつも嗅いでいる慣れた香りなのに今は酷く気に障った。

『俺はあの女への怨みを抱いて死んだ魂だ。愛し合った女の裏切りに泣いた魂だ。異形ならではの力で、怨みが魂に刻まれた』

「刻まれた……そうか、刻まれていたんだな。だから彼女にあれほど惹かれて追いかけたのか」

出会ったときのあの衝撃は、魂の叫びだったのか。「また会ったな、俺を殺した番《つがい》よ」という。

――俺は殺されたのか。

『そうだ、あの女に裏切られたのだ。それからずっと女の魂を追いかけて転生してきたのだ』

胸を刺す痛みが起きる。この痛みは知っている。アメリアを想うときに起きる痛み。恋慕《れんぼ》の痛みだと思っていたのに、勘違いだった。

遠い昔、自分は〝竜〟だった。そして人の女に恋をした。

その女も俺を愛してくれた――と思っていた。

情事の中で、殺されたのだ。

この胸の痛みは剣で胸を貫かれた痛みだ。

「思い出した。そうだ、俺は殺された。あの女は俺が竜であることを嫌悪していたんだ。それを隠して、俺と番になって愛しているふりをして……とうとう我慢できなくなったあの女に殺された」

愛されていなかった。ただの独りよがりだったという事実が哀しみを怒りへと変え、彼女を殺した。

――この地を守る竜《俺》を殺したのだ。生かしておくものか。

テオの純粋なアメリアへの想いが、ほの暗い闇に侵食されていく。

『血の涙を流し、言の葉として念《おも》いを籠める。後悔してもしきれぬほどの多くの死を、愛の代わりに受けるがいい。幾度も、幾度も、魂が生まれ変わりを拒絶するまで。呪言は魂を蝕み続ける。それが変わることなど、永久にないだろう』

一言一句違えず覚えている。死の直前、ラベンダーが咲き誇る中、異形としての力を言葉に注いで彼女を呪った。

それは今も継続している。念いを果たしていない。

――彼女の魂は未だ転生を諦めていないから。

彼女が生まれ変わるたびに自分も人として生まれ変わり、彼女に偽りの愛を与え弄び、そうして真実を告げ、絶望を与えながら殺す。

これが〝竜の呪い〟の正体。

――なんという執着心だ。

俺の遠い前世である竜は、転生した番《つがい》であるアメリアの死を望んでいる。

俺も竜であった頃の念いに囚われた。

「きっと俺は、お前の念いに動かされ彼女を殺すのだろうな……」

テオは囁くように呟いた。彼女への想いが恋ではなかったことに驚き、傷ついていた。恋慕だ、愛だと思って一心に彼女のために強くなり、傍にいたのに。

『思いのままに動いてみろよ。愛じゃなくてもあの女を抱きたいのだろう？　男としての欲望がそう言っているのだろう？　あの女だって、まんざらじゃなかったじゃないか。そうすれば喜んで股を開き啼いて喜ぶ。……それから、己の腕の中で殺せば最高じゃないか』

「うるさい、黙れ」

テオは感情のままにラベンダーをむしり、辺りにばらまく。カートライト領に咲くラベンダーは竜の呪い《こいつ》の影響で一年中咲き、呪いが始まると赤く染まるのだ。

どれだけ強力な念いなのか、どれほど彼女を恨んでいるのか、テオにはよく理解できた。

――当たり前か、俺は竜の生まれ変わり。彼女を殺すために人となったんだから。

そうだ。

アメリアの〝呪い〟は俺自身だ。

けれど俺の意思は、テオとして生まれてからの人生は、竜《こいつ》のものじゃない。

ただ殺すだけの傀儡じゃない。

（アメリア、様）

呪い《俺》に殺されるために生を受けたのでは哀しすぎる。そして、殺すために人として生を受け続けている俺だって、可哀想じゃないか。

アメリアを慕い続けたこの気持ちだって、呪いのせいだと思いたくない。

こんな不毛な生の繰り返しはもう、終わりにするべきだ。

（……俺は、アメリア様を愛してる。殺したいと願う感情じゃない。違う、絶対に竜の想いと違う）

けれど、長い時を経て転生を繰り返した竜の思念は、自分より遥かに強力だ。

これからは、そんな自分が哀れだと己を慰めながら、竜の強力な憎悪に囚われていくだろう。

（ああ、けれど……）

竜の呪いとは別に、彼女を殺めたいという願いが元々心の底に根付いていたのも確かだ。

アメリアと自分の恋は実るはずのないものだ。ただ一つ、実るとしたら、彼女が〝竜の呪い〟を受けて、十八のうちに命を落とすことが決まった時。

恋の一つも知らずに死ぬのか、結婚もしないで儚くなるのか、女としての喜びも知らずに命の灯火を消すのかと嘆く彼女は、誰かに救いを求めるだろう。その手を取ってしまえば、ようやく自分の想いは成就する。

――救いを求めた相手が死の使者だと知るのは、彼女が儚くなってから。

想像すると身体の奥が歓喜に震える。

殺すために人として生を受け続けている俺が可哀想？　どこが可哀想なんだ？

(手の届かない相手を一時でも囲えるというのに、可哀想でもなんでもない。それで魂も俺の手の内にあるのなら幸福じゃないのか？)

――ああ、アメリアは俺のものになる。全て、だ。

彼女の身にある、解けるはずもない呪いも、全て。

そう、解けるはずはない。どうしてかそれは確信していた。その理由はわからないけれど。

テオは立ち上がり、竜の住処である洞窟の前で声を上げた。

「きっと、俺が彼女を殺すのはお前の中では決定なんだろうな。俺もきっと、お前の長い念いに抗えない。抗うつもりもない。だって俺はお前の〝呪い〟だもんな。……けれど、これは俺がアメリア様を手に入れられる機会だから有効に利用させてもらう。だが、お前の言う通りに呪いの成就のためだけに殺したりはしない。俺はアメリア様を愛する。絶望を与える必要など、ない。愛し愛されて……そうして共に〝死〟へと向かおう」

テオの決意に、竜が静かに問う。

『ほぉ……？　絶望を与える必要はないと？』

「俺はお前と違う。たとえ生まれ変わりだろうと呪いであろうと、今世は人の俺だ。テオだ」

しばらく沈黙があって、竜が言う。

『では、やってみるがいい』

テオの中の竜が、激しい勢いで咆えた。それは洞窟周辺に響き渡った――そんな気がした。

「……なんの声？」

テオとの激しい口づけと、目の前に広がった夢の記憶に混乱したアメリアは自室の寝台に飛び込んで泣き、そのまま疲れて眠ってしまったらしい。

寝台から起き上がり、窓を開ける。東の空が白々としていて、朝が来たのだと知った。農民たちは既に畑仕事に勤しんでいる。危険な獣が現れたら、大騒ぎになっているはずだ。黙々と畑から野菜を収穫しており、手を止める様子はない。

「私の空耳だったのかしら。でも、はっきり聞こえたし……」

はて？　と首を傾げたときだった。胸が急に熱くなる。痣のある箇所だ。

「えっ？」

アメリアは慌てて胸の紐を解きながら鏡に向かう。熱いけれど、痣は広がってもいなければ濃くもなっていない。熱さもすぐに収まり、アメリアはホッとした。

「なんだったのかしら？」

不思議に思いながらも、昨夜は早く寝てしまった分、そろそろ起きて昨日写した碑文の翻訳をしようと着替える。

（そうだ、テオにも謝らなくちゃ。具合は良くなっているかしら？）

昨夜テオとの間に起きたことを思い出すと、アメリアは恥ずかしさに全身が赤くなる。

（すごくいい雰囲気だったのに。私、ぶち壊しちゃった……。やだ、もう……）

テオに会ったらちゃんと謝れるかしら？　それと、ちゃんと聞かなくちゃ。

（……私のこと、好き？　って。うん、幼なじみじゃなくて、女性としてって）

そこまで考えてアメリアは肩を落とした。そんなことを聞いて、いったい何になるのか？

両想いだとしても成就できる間柄じゃないのだ。それに――。

(謂われ通りに十八のうちに私、死ぬかもしれないのに……)

熱さの引いた胸にそっと手を当てる。

刹那、頭の中に光景が浮かんだ。

私がいる。そしてテオがいる。テオの両手が私の首を絞める。恍惚とした表情を浮かべて受け入れている自分。喉を圧迫されて声が出せない私は彼の頬を撫で、微笑んでいる。

テオの目からは涙が溢れ、私の頬や鼻に落ちていく。

『運命に抗わない。それが俺の選択だ』とテオが言う。

私は『――』と、喉を潰されて声にならない言葉を彼に告げて――死んだ。

「……これ、先見？　私に巫女《シビラ》の力が……？」

アメリアは力なくその場に座り込んだ。

私はテオに殺される？

日が昇り、カートライト領を明るく照らす。朝露に濡れたラベンダーが白から赤に一斉に変化したことに、領内は大騒ぎとなった。

――〝竜の呪い〟が始まった、と。

第三章

今日はアメリアの十八回目の誕生日だが、城内もカートライト領全域も暗く沈んでいた。重い空気が漂う中、アメリアは父の執務室で母を交え今後の話をする。

「失礼します」

テオの声にアメリアは振り向く。見開いた目が真っ赤になっていることに気づいたのだろう、彼が戸惑った表情を向けてきた。

「具合が悪いと言いながら城から抜け出して、どこへ行っていた？　……まあ、今はそんなことを問題視している場合ではないな」

テオの無断外泊を父は咎めなかった。目下の事案に集中しなければならないからだろう。

とうとう〝竜の呪い〟が、娘に降りかかったのだから。

「テオ、アメリアはこれから修道院に入れることになった。護衛はそれまでと思っていてくれ。その後はハロルドの護衛の任に就いてもらう」

「お父様！　私は入らないと言っているじゃない！」

「けれど、アメリア。修道院に入ってカートライト家の罪を少しでも償えば、きっと大丈夫よ。それに神もその御許でなら貴女を守ってくださるわ」

母が涙を浮かべながら説得してくる。父は渋い顔をしたまま、それに耳を傾けていた。

母は今朝からずっと泣きっぱなしで、とにかく「修道院へ行きましょう」とそればかりだ。

（修道院に行っても無駄なのよ、お母様）

そう口に出したらきっともっと泣き喚《わめ》くだろう。母は他の領地からカートライト家に嫁いできた。呪いを受ける娘を産むかもしれないと、承知していたはずだ。

いや、こんなお伽話のようなものは信じていなかったのかもしれない。『ただの迷信だ』と思って。

胸に痣のある娘を産んでも、彼女は半信半疑でいたに違いない。でなければ、着る予定のない花嫁衣装の生地を織ったり、花婿探しと言ってわざわざ王城で行われる成人の儀に自分を連れていったりするはずがない。

対して父は修道院に入れても呪いは解けないと知っている。ただ妻の気の済むようにしたいのだろう。

「お願いよ、アメリア。一年でいいの。十九になる日まででいいの。それまで生きていれば呪いは成就しないわ。大丈夫、神がきっと貴女を護ってくださるわ。そうしたらまた家族で暮らしましょう。そうして社交界へ出て、ダンスや歌を楽しんで、他の令嬢と同じように人生を謳歌するの。そうしてそこで貴女に見合う男性と巡り会って結婚するのよ」

娘の肩を摑み、何かに取り憑かれたように告げる。鬼気迫る母の姿にアメリアは思わず頷きたくなった。

父を見ても、悲愴な顔をして愛妻の背中を見つめているだけだ。

そしてテオに視線を移す。

テオは——真っ直ぐ自分を見つめていた。

(テオ……)

意を決した面持ちの彼が口を開く。

「……修道院になど行かずとも俺が護ります。アメリア様を。アメリア様に訪れる〝竜の呪い〟から」

「お前に何ができるというのだ？」

刹那、問いただしたのは父だった。

「そうよ！　貴方に何ができるというのです！　余計な口出しはしないでちょうだい！」

興奮した母が感情に任せてテオに近づいたかと思うと、その頬を叩いた。

「お母様、やめて！　テオに当たっても、なんにもならないでしょう？」

アメリアはテオから母を引き離し、強く抱き締めた。母は泣きながらアメリアを抱き返す。

「だって、だって……無責任なことを言うから……。部外者だから私たちの気持ちなんてわからないのよ、だから軽々しく『護る』なんて言うのだわ」

そこまで一気にまくし立てた母は腰が抜けたのか、その場に座り込んでしゃくりあげてしまう。

「こんなことってないわ。貴女の花嫁姿をずっと楽しみにして生地を織り続けたのよ？　こんなデザインがいいんじゃないか、ううん、それともこっちの方がって……」

「お母様の気持ちはとても嬉しいわ。でも、お父様だってわかってらっしゃるでしょう？　修道院に行っても無駄だと。大叔母様がそうだったでしょう？」

「……ああ」

父は力なく椅子に座り込む。大叔母であったシーラも生まれたときから胸に赤い痣を持ち、成長するにしたがって巫女《シビラ》として力を発揮していた。

それ故に早くから修道院に入れたというのに、呪いが発現してしまった。それから短い期間だが城に戻って暮らしていたときに自死したという。自死の理由はわからないままだ。

「大叔母様が修道院でお暮らしになっている間、何を思い、なぜ死を選んだのかわからないわ。でも、私、修道院に行ってひたすら呪いが解けるように祈りを捧げるより、死ぬそのときまで呪いを解く方法を探したいの。私はずっとそうしてきたわ。竜の住処の碑石に通ったのも呪いを解く鍵があるかもしれないからよ。そうしてようやく碑文を訳せるところまでいったの。あと一息かもしれないの」

「アメリア……」

そのとき、テオが口を開く。

「……確かに、俺は部外者です。しかし〝竜の呪い〟の話は幼い頃から聞いて知っています。今まで呪いで亡くなったと思われるカートライト家の女性の死因は自死や事故、そして他殺がほとんどだと。病死だと俺の出番はありませんが、その三つなら俺が未然に防いでみせます」

テオが強い口調で宣言した。彼の決意とその真摯な態度にアメリアは泣きそうになる。

自分の身に呪いが降りかかってきて、恐ろしくて泣きたくても、先に泣いてしまった母を慰めることを優先して耐えていた。

けれど——自分の本当の望みは違う。

そうだ、ここで諦めて母の言う通りに修道院に籠もるわけにはいかない。呪いはどんな抜け道でも糸のように細い隙間を通り、様々な手段で自分を殺めに来るだろう。

そしてこれまで自死した女性はきっと、それに耐えられなくて命を絶ったのだ。

でも自分は、最後の最後まで抗いたい。抵抗したいのだ。

それをテオは理解して、味方についていてくれている。

——私は負けない。

〝呪い〟にも〝死の恐怖〟にも。

テオが、護ってくれる。

彼が傍にいてくれさえすれば、何にでも勝てる気がする。

「お願いよ、お父様もお母様もわかって。死が訪れるその日まで私は呪いに抵抗して、そして、家族の傍にいたいの……」

「アメリア……」

アメリアは強い意志を表情に乗せ、両親を見つめた。

父も母も、もうそれ以上「修道院へ行け」とは言わなかった。

「テオ、ありがとう。説得してくれて」

執務室から引き揚げ、アメリアはテオを連れて自室へ戻る。

廊下を歩きながらテオが問う。

「いいえ、でもいいんですか？　俺と一緒に部屋から出てしまって。俺抜きでこれからのことを色々話す必要があったんでは？」

「いいの。修道院に行くこともなくなったし、細々とした話は母が落ち着いた後の方が円滑に進むわ」

父と母はまだ執務室に残っている。両親は納得しただろうけれど、感情がまだ追いついていない、きっと。特に母は。

「母を慰めたり励ましたりする役目は、父が最適なのよ」

アメリアはそう言うと立ち止まり、テオの頰をソッと撫でる。母に叩かれた頰が赤くなっている。

「ごめんなさい。母が貴方を叩くなんて……」

物静かで、けれど明るい母。母の朗らかな笑顔と鈴を転がすような笑い声は、いつもカートライト城を明るく和やかにしてくれた。決して人に手を上げることなどない。アメリアだって彼女に叩かれた記憶なんて一度もなかった。

そんな母がテオを叩いたのだ。母にとって娘が呪いにかかったことは、それだけ哀しく衝撃的なことだったのだろうとアメリアの胸は痛む。

「平気です。奥様の華奢な手で叩かれても蚊が刺したほどの痛みですよ。冷やさなくたって直に赤味は引きます」

そう言ってテオは笑う。

「でも、ごめんね……母に代わって謝るわ」

アメリアはそう言うと頭を下げる。テオはフルフルと大げさに首を横に振った。

「本当に気にしないでください」

「でも」

「今日はアメリア様の誕生日なんですよ……もっと、楽しいことを考えて――そうだ、料理長にケーキを焼いてもらいましょう。バタークリームをたっぷりと載せた……」

そこまで言って、テオは沈んだ表情になった。

「とんだ誕生日になりましたね」

テオが慰めるように言うので、アメリアはゆるゆると首を横に振った。

「昨年まで、こんなに祝ってもらっていいのかしら？　って思うほど家族や領民の皆に祝ってもらったわ。今は少しでも早く碑文の解読を進めたいし。ちゃんと知りたいの、私。どうして巫女《シビラ》の能力のある女性が十八の歳に亡くなるのか。呪いを解く方法はあるのか、を」

そう言って、肩を竦める。

「どうやら、血の変異から来る疾患だと考えた私の見解も間違っていたみたいだし……呪いじゃなければいいのにって思って行動していたけれど……やっぱり呪いだったのね」

アメリアは胸に手を当てる。痣のある場所に。

「今朝、痣が熱くなったの。それが呪いの始まる合図だったんだわ」

「確かに夜明け、領地内に咲くラベンダーが赤く染まりました。城に咲くラベンダーも」

そこまで言ってテオはハッと目を見開き、アメリアの前に立ちはだかる。

「もしかしたら、アメリア様……巫女としての力も？」

「そうよ……」

アメリアは噛み締めるように肯定した。

「先見を？　いったいどんな？」

「……言えないわ」

言えるわけない。『テオ、貴方に殺されるの』なんて。

彼の顔を間近で見つめると、彼は動揺していることを隠すことなく自分を見つめている。日の光の差し込まない厚い壁で覆われた廊下でも、彼の琥珀色の瞳は美しい。そこには今も自分が映っているに違いない。

彼に殺されるなんて、ただの妄想かもしれない。それを先見として受け入れられたのは、巫女《シビラ》として目覚めたからなのだろう。

狼狽したのも、『実は彼は、殺したくなるほどに自分を嫌い、憎んでいるのかもしれない』という恐ろしさからだった。

(違うわ)

はっきりと瞼の裏に残っている映像の中で、彼は泣いていた。哀しげに何かを呟きながら。

自分を手にかけるのには、何か理由があるに違いない。それに――

(呪いによって十八で死ぬのなら、彼に殺されたい)

彼の琥珀色の瞳に焼き付いたまま死んだら、きっとずっと彼の瞳の中で生き続けられる

――そんな気がする。

心配そうに顔を歪めるテオに、アメリアは「ふふ」と朗らかに笑ってみせる。

「内緒」

と、テオの横を抜けてさっさと自室に向かう。テオも後ろにピタリとついてくる。

「殺人や災害とかではないわ、安心して。そうならとっくにお父様に話しているし」

「でも、心配ですよ。俺にも言えないことなんですか？」

「――うん！　先見が出た！」

「えっ？」

アメリアはまた立ち止まり、クルリと振り向く。驚いたテオは数歩後ろに下がった。

アメリアはニッと笑うと、人差し指を唇に当てながら、

「テオはこれから私にキスをする」

と告げた。勿論、からかっているのだ。先見の話を誤魔化すためでもある。

だが、テオは落ち着いた様子で答えた。

「キスだけでいいんですか？」

「えっ？　ええと……それは……」

意外な切り返しに逆にアメリアは口ごもる。

と同時に、昨夜、テオの部屋で起きた出来事を思い出してしまい、どうしようもなく狼狽えた。

竜の呪いが発現したことで、あのキスのことはすっかり頭の隅に追いやっていた。

情熱的な口づけを交わしている最中に自分が逃げた理由も話さなくてはならないし、それに彼がなぜ自分にああいう行為をしたのかも聞きたい。

（ああ……でも、聞いてどうするの？）

呪いで死んでしまうかもしれないのに？　いえ、だからこそ、テオに自分の気持ちを告げて想いを遂げればいいじゃない。

——そうよ、だって私はテオに殺される未来を見たのだから。

それでいいじゃない。碑石の文を訳したって、呪いを解く方法が見つかるのかわからないのだもの。

彼だってキスをしてきたんだから、まんざらでもないはずだ。

（いいえ……それはできないわ）

だって先見の中でテオは泣いていた。『運命には抗えない』と。彼にとっても苦しい選択なのだ。自分のことで彼に後悔してほしくない。なら、今までのように〝姫と護衛〟の関係でいた方がいい。

心の葛藤に、アメリアは俯いて黙ってしまう。

「アメリア様、すみません。そんなに考え込んでしまうなんて。俺が悪いのに」

「ううん、テオは悪くないわ」

「いえ、悪いですよ。……だって、その……」

テオが言葉を濁している。顔を上げて彼を見ると、照れくさそうに身体を揺らしている。

彼も昨夜のことを思い出し、どう対応していいのか困っている。きっと城から抜け出したのも、自分のしたことを後悔していたたまれなかったからだろう。

「俺、アメリア様の気持ちを聞かずにその……」

「いいの、その、ごめんなさい。テオに色々話さなくちゃいけないのに、放り投げてるわよね……。その、勝手なんだけど昨夜の件は保留にしてほしいの。気持ちとか話とか……」

「……はい」

「必ず話すわ、きちんと。だからそれまでテオも私に協力してほしいの」

――今は、碑文の訳を進めなくては。

それによって、見た未来が変わるかもしれない。

テオが神妙な顔をして頷く。アメリアは彼に柔らかく微笑んだ。

でも、どうして彼が自分を殺すだなんて先見をしたんだろう？　と思いながら。

「『貴女に見合う男性と巡り会って結婚するのよ』――か」

テオはアメリアに聞こえないほどの小声でぼやく。

『ほらな、お前がどんなに女を愛して望んでも、周りは認めない。どうせ俺もお前も女に愛されない。人間の愛の定義に沿うことなんてないんだ。欲望のままにいこうぜ』

自分の中の竜が慰めるように囁く。

(奥様が孤児の俺と娘の結婚なんて、考えられないことはわかってる……。どうせ反対されることも。けれど……どうして『愛されない』と、お前が言うんだ?)

そこだけ他の感情が入っている印象を受けて、テオは聞き返す。まるで「愛を乞うても無駄だ」と言っている気がしたのだ。

『お前もわかってくる。……人として生まれ変わろうが中身は所詮獣よ、受け入れられるわけがないのだ』

(……そうだな)

そうだ、中身は執着心の強い、力だけの〝呪い〟と化した獣。

人らしく心を交わしながらゆっくりと、なんてしていたらアメリアは他の貴族令嬢と同じようにその身分に相応しい相手へと嫁ぐ。夫人や伯の望み通りに。

愛を乞うても無駄――。

なんだろう?　切ないのにそれがしっくりくる。

胸の奥から引き裂かれそうな痛みが走る――だからこそ、アメリアを葬りたくなる。

「……そうだよ、ずっとずっと、遠い前世からそうだったんだよな」

手に入らないのなら殺そう。思いのままに。いつの生まれ変わりのときだって、愛しい人を殺めて後を追ったじゃないか。

切り裂かれそうな胸の痛みが和らぐ。支えてくれるのは〝呪い〟。

目の前を歩くアメリアの後ろ姿を、テオは力のない笑みで見つめる。

それは獣じみた冷笑だった。

◆◆◆

それから二週間が経ち、竜の呪いがカートライト家の娘に発現したという騒ぎもすっかり落ち着き、いつもと変わらない日常が続いていた。

しかしそれは表面上のことだと、アメリアはわかっていた。父も母も変わらない態度で接してくるが、どこかに出掛けるとなるとテオだけでなくライラとハロルドもついてくるようになった。ライラに関しては〝花摘み〟など、男性がついていけない場合を考えてのことだ。ハロルドは自ら進んでの行動だという。

城にいればいたで、行く場所に制限がかけられ、気軽に入り浸っていた厨房や井戸周り、それに演習所に出向くことも禁じられた。『少しでも命を脅かすもののある場所に行くな』ということだろう。

アメリアの部屋もスッキリとまとめていたのに、今では魔除けの植物に厄を祓う人形や置物、ポプリや訳のわからない文字が描かれた壁紙などが所狭しと置かれている。領民と母からの贈り物だ。

「皆、私のためにこんなに……」と感激していたアメリアだったが、足の踏み場もなくなってくると辟易してくる。

しかも、自分が持ち込んだ書物が執務机とその周辺に乱雑に積み上げられている。いや、書物については自分が悪い。あれやこれやと書斎から持ち出したり、民俗学者の叔父から送られてきたたくさんの書物をそのまま放置したりと、年頃の娘の部屋とは思えない有様だ。

見かねたテオとライラ、ハロルドが魔除けの道具を整理整頓して、一つの場所にまとめてくれているが、それがどんどん積み上がっていくのを見て、厳選したもののみを部屋に置いて残りは別室に移すことに決めた。なのに、母が泣きながらアメリアの部屋に戻すというやりとりをこの二週間で数回行った。

「もういいわ……私が移動すればいいのね」

アメリアはそう言って、書斎に寝泊まりすることにした。

少々埃《ほこり》っぽいが構わない。書物を自室に持ってこないで最初からこうすれば良かった。

母もさすがにたくさんの魔除けの道具を全て書斎に持っていくのは躊躇《ためら》ったのか、数個に留めてくれた。勿論、その説得に父とハロルドが尽力したことは間違いない。

そしてその間に、アメリアの巫女《シビラ》としての力が再び発揮された。そこかしこに出没している盗賊が、カートライト領に侵入してくると先見したのだ。しかも「何月何日何時にどの方角に」と詳細に。父は城の兵を引き連れて向かい、見事捕らえてみせた。

一緒に向かったハロルドは緊張した面持ちで父の活躍を城の皆に聞かせた。そのときの一番の功労者はテオで、盗賊の頭を討ち取り、父だけでなく国王からも褒美を授かった。

「そのときのことを詳しく話して」とテオにせがんだが、恥ずかしいのかはぐらかされたので、アメリアたちはハロルドに話を振る。

だが、ハロルドも困惑した表情で首を横に振った。

「なんだか、いつものテオじゃなくて怖かった……」と呟いて。

ハロルドは初めての戦いに出向いたせいできっと緊張していたのだろう、生死の現場に出ればいつもと違う顔が表に出るのは当たり前のことだ、と父は気にも留めていないので、アメリアもそれもそうだと納得した。

——だが、ハロルドはその感覚をいつまでも拭い切れない様子だった。


書斎に居を構えてから五日後。アメリアは消沈していた。

「駄目だわ……」

思わず弱音を吐く。今はテオしかいないという気安さからだが。

本日ライラは母と市場へ出かけ帰宅は夕方、ハロルドは父と共に叔父の屋敷へ出向き、数日帰ってこない。久しぶりにテオと二人きりで緊張している——場合ではなかった。

「碑文の翻訳が済んだんですか？」

「ええ……」

アメリアは訳を記した紙をテオに渡す。

「どうして〝竜の呪い〟が生まれたのかが書いてあったわ」

「進歩じゃないですか？　なのに、どうしてそんなに落ち込んでいるんです？」

「読んでみて。わかるから」

じゃあ、とテオが声を出して読んでくれる。

『ここに土地を守護する竜あり。その竜、人の女を愛でる。女、この地を治める王の娘にして、先見の力を持つ者なり。娘、竜の愛を受けるも思い移ろう。そのはかりごとにて竜、失《う》す。その間際、許すまじと竜、娘に呪詛をかける。娘、望んで竜の呪詛を受ける』


「……口承通りですね」

「ええ、それもショックだけど、その後よ、問題は」


『解呪には竜の唯一無二の番《つがい》なる娘と、その娘が放つ言葉を捧げよ』


「これ、大事じゃないですか。やりましたね」

「そうなんだけど……無理でしょう。竜の番で竜を裏切った娘は、もうこの世にいないのよ。それに『娘が放つ言葉』って、なんの言葉なのかも書かれていないし。……それに、その最後の部分は後から付け足した文かもしれないの。信用できない部分よ」

そこまで言ってやけにテオが落ち着いて見えるのが少し引っかかった。いつもの彼なら身体中で喜びを表現するだろうから。

——嬉しくない？

アメリアはテオの様子に胸に細い針が刺さったような痛みを感じた。ずっと彼を見てきたのだ。彼の微細な心の動きだってわかっているつもりだ。

だからこそ、いつものテオとは違う気がした。

(馬鹿ね。きっと碑文の内容で私の心が乱れているから、そう見えるのだわ)

何よりも信頼を置いているテオの心を疑うようなことを思うのは、きっと碑文の内容がアメリアにとって我慢ならない衝撃的なものだったからだ。

「〝竜〟はこの土地を守っていて、温厚な性格で民と交流もあったんだわ。しかも巫女《シビラ》として活躍していたカートライト家の先祖である女性と番《つがい》にまでなって。『思い移ろう』ってきっと口承に伝わっている隣のウェルズリー家の王のことよね。その人を好きになって邪魔になったから殺したって……信じられないわ！」

アメリアは両手で顔を覆う。涙が止まらない。

――彼女の先祖が、あまりにも非道だと知らしめてくる碑文だったから。

「アメリア様」

テオが慰めるような優しい声で言いながら、頭を撫でてくれる。

「『その娘が放つ言葉を捧げよ』と書かれているんですから、とにかくどんな言葉なのか探してみませんか？」

「……その言葉を放つ娘は死んでいるのに？　第一信用できるかどうかわからない部分なのよ？」

「でも、わざわざそこに刻んだということは意味があるのでは？　悪戯で刻むには手が込んでいます」

「でも、でも……っ。……あっ」

泣きながら言葉を探すうちにあることに気づき、アメリアは泣きやんだ。暗い水底に沈んだようになっていた瞳が、あっという間に輝く。

「今まで赤い痣を持ち、巫女の力を持っているカートライト家の女性が亡くなっていたのは、そういうことだったんだわ……」

「どういうことですか？」

眉を顰めるテオに、アメリアは矢継ぎ早に話す。

「最後の文を刻んだのは私のご先祖様である巫女の一人だとしたら？　呪いの解き方に気づいて、でも、間に合わなくて『自分の代わりに言葉を見つけて呪いを解くように』って刻んだのかも。だから、その『放つ言葉』、要するに呪いを解く言葉よね、それを私がご先祖様の代わりに言えば、呪いは解けるんじゃないかしら？　――きっとそうだわ、その言葉を探さないと！」

「……なるほど。じゃあ、その言葉を見つけ出せば、もしかしたら」

「他に古い記録はないかしら？　ああ、鍵となる書物でもいいわ。いえ、私の開花した巫女《シビラ》の力に頼れないかしら？」

アメリアはうって変わって生き生きとした表情で書物を漁る。

「そうだ、叔父からもらった書物に鍵になりそうな記述があったのよ――ほら、これ」

と、テオに向かって書物を掲げてみせる。テオはそれを見て眉を寄せた。

「……読めません。知らない文字ですし」

「ここからずっと東の国の本よ。なんでも言葉の使い方が特殊で『魂や念いを乗せる』術や言葉を持っている国なんですって」

「アメリア様は読めるんですか？　というか、今から翻訳を？」

アメリアから本を受け取ってテオは丁寧に本をめくる。高価な書物だとわかっているがゆえだ。

「大丈夫よ、ほら」

ふふん、とアメリアは自慢気に紐閉じの本を見せた。

「なんと、叔父様と翻訳者が協力して訳したものも送ってくれました」

テオは「だったらそっちを見せてください」と言いたげに原本を閉じて、執務机に置いた。

「でもね……訳してもらったけれど、不明瞭な部分が多いのよ。だから、原本と照らし合わせながら解読していかないと……」

「そうなんですね。俺、手伝います。なんでも言いつけてください」

はっきり、力強くそう言い切るテオの存在は、なんて心強いのだろう。アメリアは胸を熱くする。

同時に目が潤んでしまい、目頭に手を当てた。

「埃が目に入りましたか？」

テオがアメリアの目を探るように近づく。

「違うの。なんだか最近、涙もろくなったみたい。テオの頼りになる言葉が嬉しくて」

「もっと頼っていいんです。そりゃあアメリア様やアメリア様の叔父上のように翻訳なんてできませんけれど。でも、俺はアメリア様と共にいるつもりです」

真っ直ぐに見つめてくるテオの瞳が眩しく感じる。いや、テオの存在そのものが眩しいのだ。自分にとって、彼は何にも代え難い宝物。

だからこそ、自分は生きたい。彼の傍にいたい。彼の出自が何だって、彼が自分をどう想っているのかだってどうでもいい。

我が儘な感情に流されてアメリアは気持ちを吐露してしまう。

「私の見解が間違っていて、無駄になって死んでしまっても？　傍にいてくれる？」

けれど、どんな我が儘な言葉を吐いても「愛してる」だけは言えない。

あまりに重たい意味だ。〝愛〟で彼を縛り付けるなど、とてもできない。

「傍にいてくれるだけでいいの。女として見てくれなくていい。どうか、私の生きる姿をテオの目に焼き付けて」

駄目だ、涙が溢れてしまう。こんな風にせがむつもりはなかった。けれど、死ぬ瞬間までテオに傍にいてほしいという感情が、泉のように溢れ出て止まらない。

また胸の痣が熱くなる。アメリアは持っていた紐閉じの本を胸に当てる。

テオはそれをゆっくりと彼女の手から引き離し、原本の上に重ねた。

「アメリア様、俺は最初からそのつもりです。初めて会ったときから俺は、貴女が儚くなるその日まで傍にいると決意したんです」

「テオ……」

なんという愛の告白なのか。アメリアは止まらない涙を懸命に指で拭う。

「ふふ……。テオの告白、求婚の言葉みたいよ？」

アメリア様、とテオは名を呼びながら涙を拭ってくれる。少しかさついた彼の指。でも、なんて心地好いのか。

彼の目が微笑みで細められる。それでも黄褐色の瞳の輝きは失せない。

「この前は驚かせてすみません。……でも、想いを止められませんでした」

テオの部屋での口づけの件だ。アメリアは頬を擦る彼の手にそっと触れる。

「いいのよ。私だって受け入れたんですもの」

「俺は、どこの誰だかわからない、ただの〝テオ〟です。それがとても嫌で仕方ない。呪いが発現したとき、奥様は泣きながらアメリア様の花嫁衣装の生地を編んだとか、見合う相手を見つけるとか話された……俺は蚊帳の外だと改めて気づかされた。自分が貴族であったら、平民でも豪商の生まれであったなら、いや、孤児でなくせめて苗字がわかっていたなら、堂々とあの場で結婚を申し込めたかもしれないと」

「テオ、そこまで私のことを……？」

アメリアの言葉にテオは大きく息を吐き出し、口をきつく結ぶと頷いた。

「アメリア様への想いは誰にも……そう、誰にも負けません。……前世にも自分の過去にも負けません」

「テオはテオだわ。ずっと傍にいてくれたテオに、私はどれだけ元気づけられたか……貴方がどんな貴方であろうが構わないわ」

「これからも傍におります」

「ええ」

「俺の命をアメリア様に捧げます。だから、貴女の命を俺にください」

激しい愛の告白にアメリアの身体が一瞬、ふるりと震えた。真っ直ぐに躊躇いもなく自分を見つめてくる彼の表情には、揺るぎない決意が感じられる。

——ああ、私はテオに愛されている。

それだけでアメリアは十分だった。

（これから何があっても、彼を愛そう。たとえ彼の手にかかっても）

それがテオへの愛の証だ。

アメリアは手を伸ばしてテオの頬を包み、背を伸ばして彼にそっとキスをした。ほころび始めた花を愛おしむかのように。

テオも同じようにキスを返す。

互いの唇がまるで嫋《たお》やかな花を愛でるように触れ合い、ゆっくりと激しさを増していく。

舌が口腔内に滑り込んでくると、アメリアもそれに倣うように応じる。

くちゅくちゅと音を立てながら唾液が混じり合い、口の端から溢れ顎に流れていく。それでも舌を絡ませ、吸い、歯列を探り合う。

「ん……んん、ん、ぅうん」

甘い、蜂蜜酒よりも甘い酒を飲んで酔ったようなフワフワした気分になる。それが全身に広がり、痺れるような感覚にアメリアの背中は粟立った。

いつの間にかテオはアメリアを抱き締め、キスを仕掛けながらも彼女の背中を撫でてそのまま腰の線をなぞる。

ゾクゾクするのに気持ち悪いとは思わない。むしろ、もっと触れてほしいと訴えるようにアメリアはテオの背中に腕を回す。

テオの手がアメリアの腰から臀部《でんぶ》にわたって弧を描くように撫で始め、アメリアは思わず身を竦ませた。

離れた口から銀糸が生まれ、切れた。すぐにテオがアメリアに問う。

「怖い？」

耳元で囁かれ、吐息混じりの声に身体をひくつかせながらアメリアは首を振る。

「こっちへ」

テオは短く告げると、書斎に置かれている長椅子へアメリアを導く。そして、彼女を仰向けに横たわらせた。

自分の上に覆い被さるようにテオが近づいてくる。これから何をするのか、経験のないアメリアとてわからないわけではない。でも情事の内容など詳しくは知らない。それだけに期待と未知への恐ろしさが織り交ざり、知らず身体が震えてくる。

「……今なら引き返すことができますよ？」

そう言いながらテオはアメリアの髪を一筋手に取り、口づけする。それがあまりにも蠱惑的で、もっと先に進みたくなった。

(飢えてる女みたいだわ、私)

恥ずかしい。けれどそれが素直な気持ちで、この欲求はテオにしか起きないものだとアメリアはわかっている。

テオだから、彼だから――『愛しい貴方だから』。

心の中で誰かの声が交ざった気がした。きっと気のせい。それほど自分は緊張している。

「テオと一つになりたい……」

アメリアは告げた。掠れて、思いのほか小さな声になってしまったが、ちゃんと彼に伝わったようだった。

テオはアメリアの乳房を服の上から包み込み、やんわりと揉《も》み始めた。まろやかな乳房がテオの手によって形を変えるのが服の上からでも感じられた。

「柔らかい……ふんわりとしていて、とても」

テオがうっとりと呟くとアメリアの双丘を交互に揉み出す。

「……ぁ、あっ」

緊張して身体が硬くなっているのに、どうしてか下腹部に熱が生まれ、じわりと身体に広がっていく。

両手のひらで乳房を中央に寄せられては弧を描きながら揉みしだかれていくうちに、乳首がツンと勃ち上がってきた。次第に熱くなり芯を持って硬くなっている気がする。

そこからジンジンとした痺れが生まれ、熱くなる下腹部に更に熱を与えている。

「あ……っ、テ、テオ……駄目、そんなことしないで……なんか変な感じが……」

「その感覚に従って……」

それでいいのだろうか？　このまま初めての感覚に身を任せても。

テオの指がアメリアのベストの紐を解くと、ブラウスと胸当てを一気に剝がされた。

「――っ！」

外気に晒《さら》されて、アメリアは思わず胸を腕で隠す。

「お願いですから、見せて。目に焼き付けておきたいんです」

テオに柔らかく甘えた声で言われて、アメリアは困ってしまう。それでも胸を覆う腕の力を緩めると、彼の手に優しく払われてそのまま乳房に触れられる。

服の上からと直とでは感触が随分違う。テオもそう思ったようで、感激したように囁く。

「滑らかな肌……白くて、綺麗だ」

「は、恥ずかしい……から、言わないで」

綺麗なはずがない。胸の間に赤い痣があるというのに。慰めのつもりで言っているのだろうと哀しくなって、また胸を手で隠そうとしたが、テオはそれを遮る。

「綺麗ですよ……特に、ここが赤くなって、鮮やかな花が咲いたようで」

と、乳首を指で擦り始めた。

「ひゃっぁっ」

その感触にアメリアは声を上げる。

テオの指は驚くほど繊細にアメリアの乳首をまさぐる。赤く膨らんだ蕾と見間違えるようなそれを優しく指の腹で擦り、上下に押したと思ったら、キュッと強めに摘まみ上げる。

そのたびにそこから甘い刺激が身体の奥へと走り、下腹部に到達する。熱くなっているだけでももどかしいのにジクジクと疼《うず》いてきて、その感覚を逃がすように身体を揺らす。

「やっ……ああっ、ああっ……やぁ、それ……っ」

鼻にかかった声が出ても止められない。

「アメリア様、可愛い……、なんて可愛らしい」

　テオがうっとりと、夢心地のように囁く。そして、アメリアの反応を窺うように乳首を口に含むと、吸い上げたり舌で転がしたりしながら乳房を揉みしだく。

「はぁ……ぁ、あぁ……ん、はぁ、ぁあ……ん」

　股の奥まで熱くなり、知らずそこがきゅうきゅうと締まる。未知の感覚にアメリアは慄きながらも、太腿を擦り合わせそれを逃がそうとした。

　その様子にテオは彼女の片足を上げ、自分の腿の上に乗せる。

　めくり上がったスカートを更にたくし上げ、晒されたアメリアの足を撫で始めた。

　そのまま膝丈のペチコートを押し上げて、太腿の内側を撫でてくる。

「あ、ぁあっ……だ、駄目……っ、そ、それ以上は……」

　テオの手が、じりじりと太腿の奥にある秘所に迫ってくる。

（ああ、どうしよう……どうしたら）

　テオの行動を怖いと思いながらも、熱く疼くそこに触れてほしいという欲望があることにアメリアは戸惑う。

　抗えない。下肢の秘密の場所に近づく指にも、また、しきりに自分の乳首を弄り、甘い疼きを生み出してくる指にも。初めて起きた身体の悦びにアメリアは従ってしまう。

「ひゃっ、ああっ」

テオの指がするりとペチコートの隙間から奥へ滑り込んできて、また声を上げてしまう。

自分でも触れたことのない恥ずかしい部分をテオの指がなぞる。薄い恥毛を掻き分けて、割れ目に触れてくる。くちゅりという水音と節くれだった男の指の感触に、アメリアの腰が淫靡《いんび》に揺れた。

「アメリア様のここ、もう濡れて——感じてくれているんですね」

テオが嬉しそうに言う。

「わ、わからない……これが感じるってこと……？」

「それ以外、何が？」

テオは口角を上げると、アメリアの秘所の割れ目に指を挿し入れ、上下に撫で擦る。

時々、小さな膨らみに指が当たり、そこからぴりぴりとした甘い痺れが生まれ全身を貫く。

「あ、ぁあ……っあ、ん……だめ、そんなに弄らないで……っえ……」

初めて知る官能に、身体の奥がひくひくと戦慄《わなな》いている。時折きゅうと指を締め付ける。

それがどうしてか堪らなく好くて、秘所からとろりとした液が後から後から溢れてきて止まらない。

「嘘はいけませんよ、アメリア様。こんなに蜜を溢れさせてよがってるのに駄目だなんて言葉、俺は信じませんから」

「でも、でも……身体がヒクヒクして……」

「気持ちが好いからです。もっともっと触れてあげましょう。そうしたら、もっと俺が欲しくなりますよ」

テオは大胆にもアメリアのペチコートを剝がしてしまった。

「テ、テオ……っ！」

晒された下部を思わず手で隠すが、テオは許さなかった。もう片方の太腿も摑むと大きく広げてしまう。

「なんていやらしい姿だ。こんな姿を見るのも俺が最初なんですね」

「もう……もっ、見ないでぇ……」

自分が今、どんな姿になっているのか想像するだけで泣きたくなる。

上半身の服は全て腰の位置まで下ろされて、下半身はスカートをめくり上げられ、ペチコートまで脱がされてしまった。しかも足を左右に広げられている。

「泣かないで、アメリア様。――これから羞恥なんて言葉、忘れるくらい気持ち好くなりますから」

テオは内股まで滴っている愛液を指の腹ですくいあげると、再び秘所の割れ目を探り出した。そして先ほどから指に引っかかるように当たる膨らみを擦り始める。

「――ひゃっあっ」

先ほどの刺激とは比べものにならない強烈な快感が背筋を伝って脳芯まで届き、アメリアは悲鳴に近い声を漏らす。腰まで跳ねて痙攣のように腰が震える。

「ああ、ここですね。アメリア様も、ここが敏感なんだ……」

「な、何……？」

「ここの突起部分が、一番女性の感じやすい箇所だそうですよ」

テオはそう言いながら、敏感な膨らみを撫で回したり、押しつぶしたりと刺激を与え続ける。

「はっ、あっ、やっ、ぁあっ、あっ、ぁあ」

強い愉悦《ゆえつ》が連続して襲ってきて、アメリアは悶《もだ》えながら背中を仰け反らせる。生まれて初めて性的な快感を受けて四肢が強張り、びくびくと背中も震える。

「やぁ、ぁあっ、やめ、やめてぇ、あっ、おっ、おかしく、なっ、っちゃっ……」

顔を手で覆いながら首を振って懇願したが、テオは止めてはくれない。それどころか、膨らみを増した突起を愛おしむことに余念がない。

「ああ……アメリア様。ここに隠されていた小さな突起が赤く膨らんできました。小さな花が咲きそうだ」

「やっ、やめてぇ……い、言わないでっ……ぅ、ぁあっ、ああ」

「だって、この花が広がって、赤い実が……なんて可愛いんだろう……」

そう呟いた刹那、テオがアメリアの股に顔を埋めた。

「――テ、テオ……っ！　な、何を……？」

ぬるり、と今までとは違う感触に慄く。ああこれは、先ほどまで私の口内を犯していたもの――テオの舌だと気づく。

それはぬるりと花弁を舌で撫でると、そのまま秘所をこじ開けるように上下に撫で回し始めた。

「あっ！　やっ、やぁああっん、そんな、そんなことしないでぇ」

驚いて腰を引こうとしたが、テオの両腕が許さない。すかさず両足を摑まれ引き戻されてしまう。

「アメリア様の身体は、どこもかしこも可愛い……」

テオがそう囁く。うっとりした甘い声音がアメリアをいとも簡単に捕らえてしまう。

じゅるりとすする音がする。そして、滑らかに動く舌はしつこく蜜口の浅瀬を掻き回している。

「ああっ、ん、はっ、だめ、だめよぉ、だめって言ってっ、はぁっ、るのにぃ……っ」

こんな場所にキスをする行為があるなんて知らなかった。

信じられないほど心地好い刺激だ。口では「駄目」と拒否しているくせに、身体はすっかり陥落している。アメリアは抵抗も忘れ、ひくひくと身体を悶えさせながら嬌声を上げていた。

「はっ、あっ、ぁあん、あ、ああぁっ」

目を閉じてテオの舌の動きにうっとりしながら、与えられる愉悦に酔いしれていたときだ。

「ひっ……っ！」

目の奥に、鋭い悦楽の火花が散った。

テオの舌が赤く膨らんだ小さな突起を口に咥《くわ》え、ちゅっと音を立てて吸い始めたのだ。

あまりに強い快感にアメリアは目を開き、背中を反らせ腰を戦慄かせる。

テオはそのまま、吸い込んだ小さな肉芽を小刻みに舌で揺らしてくる。

「あああっ、や、やっ、やぁ、だ、だめっ、だめなの、そ、そんなこと、し、しないで……っ」

ひっきりなしに身悶えるほどの刺激に、怖くなってテオに懇願する。

だが、テオはやめなかった。てらつく秘玉になったそこを吸い上げては舌の上で転がしていく。

繰り返される愉悦にアメリアは声を抑えることもできず、ただ嬌声を上げ続ける。指よりも何倍も感じてしまう。こんな恥ずかしいことが嬉しいと身体が悦んでいる。続く喜悦に理性は吹き飛び、劣情を剥き出しにしてテオの舌技に翻弄されていた。

「あっ、んぁあ、ああっ、な、なにか……へん、へんよ……なにか、くる……」

アメリアはのたうちながらも、身体の奥に溜まっていた熱がジンジンと疼きながら揺れ動いていることに気づく。いや、揺れ動くどころか今にも破裂しそうだ。

テオは舌をひらめかせながら、アメリアの素直な反応にうっすら笑みを浮かべ、上目遣いで見つめてくる。僅かに唇を離し、くぐもった声で言った。

「達《い》きそうなんですね。アメリア様、そのまま受け入れて……」

「達く……って？　……これが？　……こ、怖い……」

体内にできた熱い塊が破裂したらどうなるのか？　それをテオに聞きたかったが、できなかった。テオが再び秘玉を咥え込んだからだ。

「は、あっ、あ、も、もうやめ、やめてぇ……許して……っ、おかしく、おかしくなっちゃう、ぁあ、ああっ」

そう懇願するも、テオは逆に責めてくる。膨れ上がったそこはジンジンと鼓動を打つほどで、舌でそこを弄られるたびに腰が上下に跳ねて、ますます身体の熱が膨らんでくる。

「も、もう……っ、だ、だめ……わ、わたし……もう……っ！」

アメリアの目から涙がこぼれ落ちた瞬間、熱が破裂した。

ちかちかと瞼の裏で火花が飛んだ気がした。強烈な甘い疼きが一瞬にして全身に行き渡り、その喜悦に背中が弓なりに反り、四肢がピンッと突っ張る。子宮がひくついて、息が詰まり、全身からどっと汗が噴き出した。

身体が弛緩《しかん》し、呼吸が再開される。一瞬、意識が飛んだのか、いつの間にかアメリアの手はテオの後頭部を自分の脚の間に押し付けていた。

「……ぁあ、はぁっ……ああ……」

絶頂の余韻が残っているのか、まだ腰が痙攣している。

「達ったんですね。すごくいい顔していますよ、アメリア様」

テオが袖で顔を拭いながら覗き込んでくる。

「達くって……こういうこと、なのね……」

身体に残る愉悦の残滓《ざんし》をうっとりと味わっていたアメリアの鼻に、テオのキスが落ちる。

「アメリア様の身体が素直で良かった。これなら——俺のを中に挿《い》れることができそうです」

嬉しそうに笑う。

「挿れる？」

アメリアは、ぼんやりとした頭でどういう意味なのか考えようとするが、上手く纏まらない。それほど強烈な体験だったのだ。

「少し痛むかもしれませんが、堪えてくださいね」

そう言った刹那、アメリアの股の奥に異物が入ってくる。

「あっ……、な、なに……？」

奇妙な感覚にアメリアは目を見開いた。

「俺の指がアメリア様の中に入ったんです」

「テオの、指が……？」

「月に一度、障りがあるでしょう？　そこですよ」

月の障り――出血する箇所。かつて母が「これは貴女が子を産める証」と話してくれたことを思い出す。

そこにテオの指が。どういうことなのだろう？　テオに尋ねようとしたが、また快感がやってきてどうでも良くなってしまう。

テオの男らしい指がアメリアの隘路《あいろ》を押し広げ、探っている。先ほど得た絶頂で熱を帯びた膣襞が満たされて、悦びに蠢いているのがわかる。

「あぁ……ん、ぅうん、は、ぁ」

目を閉じてテオの指の動きを追う。長くて節高な指が、さらに奥へと侵入してくる。テオに身体の中を弄られている——奇妙な興奮が湧いた。

テオはゆっくりと指を抜き差しし、それから親指で感じやすい肉芽《にくが》にも触れてきた。

「ああ……はぁあん、ああ……」

再び熱が下腹部に溜まってきて、蜜が滴る。

「アメリア様は、ここを弄られるのがお気に召したんですね」

いつの間にかテオの指が二本に増えていた。

ぬちゃぬちゃとみだりがわしい音を立てながら、指が何度も行き来する。陰核を刺激されながらだと、先ほどとは違う、もっと重い快感が溜まってくる気がした。

アメリアは長椅子の背もたれのへりと肘掛けを握り、与えられる快感を味わう。

「アメリア様は本当に素直な身体をしている。ああ、俺が最初で良かった。こんなに素直だったら他の男の手でも陥落しそうだ」

「ち、違う……っ、テオ、だから……っ」

涙声で訴える。この声は快感のせいなのか、それとも自分がそんな女に見えたのが哀しいからなのか、アメリアにもわからなかった。

テオは一瞬、目を見開き、それから真剣な表情でアメリアを見下ろした。

琥珀色の瞳が揺れている。なんて綺麗なんだろう——思わず見惚れてしまう。小さい頃から、いや、出会った頃からこの瞳に囚われているというのに。

「貴方以外の、誰にも囚われない、わ……。テオだから、何をされてもいいって……っ」

「……何をされてもいいんですね？」

「いいわ……」

テオは微かに笑い声を上げた。「言質《げんち》を取った」と言わんばかりに。

その様子に奇妙な感覚を覚えたアメリアだったが、次のテオの言葉に歓喜する。

「アメリア様の全てを奪います。身体に悦びを与えるだけでなく、楽しいことも嬉しいことも哀しいことも……〝死〟さえも。……全て俺にください」

「テオ……、貴方に全部あげるわ」

呪いに殺されるかもしれない。なら、テオに殺された方がずっといい。

きっとあの先見はそういう意味だったのかもしれない。

「もしかしたらテオに、酷いことをお願いしてしまうかもしれない……」

「構いません」

アメリアの思い切った言葉にも、テオはわかっていたかのようにすぐに答えた。

「テオ」「アメリア様」と互いの名を呼び合いながら口づけを交わす。

それからテオはおもむろに、ぬるりと指を引き抜いた。

「あ……」

窮屈に感じていたのに、喪失感を覚えてしまう。

テオはトラウザーズの前立てをもどかしそうに緩める。取り出された彼の屹立《きつりつ》したものを見て、アメリアは息を呑んだ。

初めて見た男の欲望にすくみ上がってしまう。本当にこれが自分の中へ？　そもそも入るのだろうか？

縮み上がっているアメリアにテオは乗りかかり、抱き締める。

「すみません。これから俺はアメリア様に酷いことをすると思います。いや〝痛い思い〟かな」

『痛い思い』とは何のことなのか、すぐにアメリアにも理解できた。

「まっ――っ！」

自分の覚悟ができるまで少し待って、と言いたかったが、性急に先端が蜜口に押し当てられた。

瞬間、熱くて硬い鉄のような感触に、下腹部がざわつく。

「んっ」

テオの硬い切っ先が、ぬぷりと粘着した音を立てながら蜜道を押し開いてくる。

めりめり、と中を無理矢理こじ開ける感覚にアメリアは血の気が引いた。

中から引き裂かれてしまう——。

「い、ぃやっ……、怖い……、い、いた……ぃ」

圧倒的な質量を持った男の剛直が押し入ってくる。慎ましい蜜道を広げゆっくりと奥へ進んでくる。

「ひっ、ぃ……いた……い」

これが男女の営みの最終地点なの？　毎回、こんな痛みを伴うものなの？

アメリアは先ほどまでの快感を忘れ、涙をこぼしながら、こんなことは二度としたくないとすら思う。

「アメリア様、もうしばらく我慢してください」

「んっ、で、でも……痛い……内側から裂かれて死にそう……」

つい弱音を吐いてしまう。テオは僅かに腰を引くと、蜜口の浅瀬を己の先端で掻き回した。疼いていた入り口を優しく刺激されると、再び快感が湧き上がってくる。

「ぁ、ぁあ……ん」

アメリアの漏れた声音が、快楽のそれだと察すると、テオはふるふると揺れている乳首を口で咥えてなぶり出す。

「はぁ、あっ、ああ……っ」

鼻にかかった甘い声がより強くなる。テオはそれを見計らってまた徐々に挿入を始めた。抜き差しを繰り返し、奥へ入っていく。最初のときより痛みは軽減したが、隘路を目いっぱいに埋め尽くす肉塊の熱さを感じ、苦しくなってくる。

自分の中に収まった異物が蠢きながら奥へ、自分の知らない未知の場所へと入っていく。その感覚も不思議だ。

「まだ、痛みますか？」

ゆっくりと腰を揺らし押し進めながら、テオが乱れた息の中、尋ねてくる。

「痛い……けれど、さっきよりは……」

浅い呼吸で痛みを逃がしながらアメリアは答える。

「……一気に入れた方が痛みは少ないかもしれませんね。少し、力を抜いてください」

テオに言われアメリアは焦る。知らず下半身に力を籠めていたらしいが、最初よりは痛くないというだけで痛いものは痛い。どう力を抜いたらいいのかわからない。

「ど、どうやって……」

するとテオが、アメリアの胸の間にある赤い痣から腹にかけてスッと手のひらで撫で始めた。

「あ……ぁあ……」

触るか触らないかの微細な感覚にゾクリとして、ふっと身体の力が抜ける。

その刹那、テオの肉棒が一気に挿し貫いてきた。

「――ぁあっ!!」

衝撃と激痛が同時にやってきた。アメリアは目を見開き、声にならない悲鳴を上げる。

「アメ……リアさ……ま。やっと、貴女の中に入った」

テオが、はあはあと荒い息の中、嬉しそうに言った。

彼の歓喜の顔を見るとアメリアも、自分の痛みなんてどこかに吹き飛んでしまった気がする。

「アメリア様の中、すごく熱い……。それにきつくて、ああ……いい、なんて気持ちが好いんだろう」

テオは目を閉じて何かを耐えているような表情なのに、どこか憂いを帯びていて、それがとても艶っぽい。

自分と彼は今、結ばれたのだ。それをテオは心から喜んでくれている。アメリアはそれがとても嬉しくて、そして胸がきゅん、と締め付けられた。

「テオ……私、嬉しい、とても。ずっとずっと、結ばれるなら貴方がいいって思っていた」

両手でテオの背中を抱き締めると、テオもギュッと強く抱き締め返してくれた。

自分の中が隙間なく男の欲望で埋め尽くされている。一つになったという感慨にアメリアは涙をこぼす。密着し、互いの感触を味わい悦びを感じる。きっとテオも自分と同じように思ってくれているに違いない。

悦喜に浸る中でも隘路に入ったテオの肉根がヒクヒクと動いているのを感じる。アメリアはそのたびに、知らず甘い吐息を漏らす。

「もう、我慢できない。――動きますよ」

そう言って、テオがゆるゆると腰を揺さぶり始めた。

「……うっ、く、くぅ、ぁ、ぁあ」

破瓜《はか》を迎えたばかりのそこはテオが動くたびに引きつれて、鈍い痛みが走る。けれど、これが愛する人と一つになれた証明なのだと、アメリアは歯を食いしばって耐えた。

「まだ、痛いですよね……。もう少し、我慢してください」

「へい、き……だからっ」

テオの身体から細かい汗が噴き出ている。テオの方がもっと辛いのかもしれない。狭い蜜道に身体の一部を挿し入れ、動かしているのだから。アメリアも懸命に耐えた。

何度か密道を行き来し、痛みが鈍くなった頃に、余裕が出てきたのかテオがアメリアの乳首を口に含み音を立てて吸い上げた。赤く尖り敏感になっているそこを強めにちゅうちゅうと吸われて、アメリアの下腹部にどっと甘い痺れが襲ってきた。

「はぁっ、ああ、ぁっ」

感じて背中が反り返る。同時に、肉根を包み込んでいる隘路の壁襞がピクピクと収斂《しゅうれん》した気がした。

「――あっ、アメリア様、それ、きつい、すぐに達ってしまいそうだ」

テオは慌てて言うも、胸への愛撫をやめる気はないようだ。敏感になった乳首を舐め回したり、甘噛みしたりとなおもアメリアを快楽へ導こうとする。すると彼女の隘路にも新たな愛液が溢れてきて、肉根の抜き差しが滑らかになってくる。

そうなると先ほどの引きつるような痛みは薄れて、壁襞を擦られることで生まれてくる重い官能が表に出てくる。

できない。

「はっ、はぁ、ぁあん……あっ、あん」

堪えきれずに漏らす声が、自分でも恥ずかしいほどに甘ったるい。でも、止めることが
「はぁ、駄目ですよアメリア様、そんなに締めないで」

テオが低く呻いた。

「で、でも、どうしたら……ぁあっ、あん」

テオは両手でアメリアの太腿を支えるとさらに大胆に開かせ、己の身体を沈め結合を更に深くする。

「ひゃぁっ、あ、ああ、だ、だめ、そんなに奥へ、い、いれたら……壊れちゃ……あ、ぁあっ、ぁあぁあっ」

媚肉が擦られるたびに灼けつくような感覚があるのに、奥まで強く突かれ、衝撃に目が眩んでクラクラする。

体内が擦られて消えてしまうのではないか、奥を突かれて頭まで裂かれてしまうのではないか、そんな恐ろしい錯覚に陥るのに、どうしても拒絶できない。

怖いという感情より、身体を襲ってくる甘い快感の方が勝っているからだ。

「んん、んあ、熱い、熱いの、……壊れちゃう、壊れちゃ……ああ、だめ、あっ、はぁ

……っんん」

「駄目、だの、壊れる、だの言うけれど……、アメリア様の身体は正直ですよ？　……俺のをきつく締め付けて……離れるなって、気持ち好いって悦んでます」

ちゃかすように言うテオの声も余裕がなくなっている。更に腰の動きを速めていくと、粘膜の擦れる淫猥《いんわい》な音と、腰がぶつかるたびに出る弾けたような音が重なり、部屋中に響いていく。

「あ、ぁあっ、んぁあっ、は、恥ずかしい、音が、ぁああん」

そう言いながらもアメリアは、腹の奥からジワジワと迫ってくる深い愉悦に浸っていた。その愉悦がだんだん大きく広がっていく。

「ああっ、ん、おかしく、おかしくなっちゃう……っ」

「壊れるの次は、おかしくなる、です、か……。本当に、おかしくなって……くれたら……、思う存分に、貴女を俺だけのものにして好きに抱けるのに……愛してるから、俺は貴女のものだから」

「テ、テオ……ぉっ。あ、貴方の、好きにして、あっ、ああん、いいのっ」

テオの喉が鳴った。それが笑いを堪えているかのようにアメリアには感じられたが、身体中に回る熱くて甘い痺れは余計な考えを巡らせるのを阻む。ただ性欲に忠実であれ、と

いうように。

頭の中も、もうテオとテオが生み出す悦楽しかなかった。

「ああ、ああっ、テオ……っ、どうにか、なっちゃう……っ」

「可愛い、可愛いです。アメリア様は……なんて可愛いんだろう……俺のもの……」

テオはもう容赦なくがつがつと欲望のままに腰を穿《うが》ってくる。硬い先端が奥をごりごりと抉《えぐ》ってくると強烈な甘美さが溢れ、繋がったところから蜜がとろとろと溶け出してくる。

「はあ、あ、あぁ、だめぇ、あ、いいっ、いいのっ、あ、なにか、くる、ああっ……」

怒濤のように熱い喜悦が迫ってくる。もう悦楽の虜になっていたアメリアをもっと蕩《とろ》けさせて意識を浚っていく。

もっと、もっと――くる。

アメリアは頭をふるふると振りながら、背中を弓なりに反らす。絶頂を迎える中、テオの肉魂を包み込んだ隘路がひときわ強く収斂した。

「くっ……、俺も、限界だ」

テオが、本当に彼なのかと思うような低い唸り声を出した。まるで獣のように。

そうしてから激しくアメリアを揺さぶる。

「ぁあああ、やあっ、ああぁぁああ、ああっ」

下腹部から熱い何かが全身を突き抜けた。弾けるような感覚に視界が真っ白になる。

アメリアは全身を硬直させ、ヒクヒクと痙攣させる。その瞬間、テオが腰を引いた。

ずるり、と長茎が内襞を擦るように引き抜かれ、自分の腹に温かい大量の白い液体が放出された。

互いに荒い呼吸を整えようとする息遣いしか聞こえない。不意にテオがアメリアの上に重なるように倒れてくる。

アメリアは彼を抱き締めると、テオもゆるゆるとけだるそうにしながらも抱き締め返してくれる。

「アメリア――二人でいるときはこう呼んでもいいですか？」

耳元で息を整えながら尋ねてくる。アメリアは余韻に浸りながら無言で頷いた。

深い呼吸をすると髪の匂いに混じって、汗と生臭い臭いがする。これは情事の匂いだ。

自分は想い人と繋がった。純潔を捧げた。それは〝死〟を宣告されたアメリアにとって、夢のような出来事だった。

(テオ……好きよ。愛してる……でも、言ってはいけない。この言葉だけは絶対に言ってはいけない)

「愛してる」と自分の気持ちを率直に言ってしまえば、彼をその言葉で縛り付けてしまうことになる。

——それだけは、駄目。

「テオ……」

アメリアは愛を込めて彼の名を呼び、汗で濡れた髪を撫でた。

第四章

アメリアは毎日、精力的に活動していた。

『叔父から贈られた東国の本に呪いを解く鍵がある』——そう信じて。

いや、信じる、という言葉だけでは収まらない確証がアメリアを突き動かしている。

（すぐに死ぬというのに、その間だけ能力が開花するとは……憐れな）

テオは憐憫《れんびん》の眼差しで、執務机に積まれた本に隠れるように翻訳しているアメリアの後ろ姿を見つめる。

アメリアを奮起させているのは碑石に刻まれた最後の文だ。そこだけ後から刻まれたものなので、悪戯で彫られたものかもしれないというのに、彼女は信じている。

それは巫女《シビラ》としての力が訴えているからかと思いつつも、『呪いは解けない』とあざ笑う〝奴〟は相変わらず自分の中に巣くっている。

(巣くってる……んじゃないな)

ずっと昔、テオがテオとして生まれる前の憎しみの思念だ。魂に刻まれた〝竜の怨み〟だ。

それが時々話しかけてくるものだから恐ろしい。まともに応えていたら周囲から『精神に異常をきたした』と思われてしまう。そのせいでアメリアの傍を離れる結果になったらそれこそ本末転倒だ。

そこまで考えてテオは自嘲気味に笑った。

彼女の傍にいたら、いずれ自分の中にいる竜がアメリアを襲い、死を与えるだろう。アメリアを愛しているなら離れた方がいい。明確な彼女への殺意が自分の中に芽生えているなら。竜のせいだとしても、自分も本心ではそれを望んでいて、止められそうにないなら。

国を離れどこか遠くへ。アメリアの目の届かない場所へ行くべきだ。そう思うのに、彼女から離れられない。

少しでも長くアメリアの傍にいたい。彼女の全てを呑み込んでしまいたい。

日の光のように温かい笑顔も軽やかな声も、瑞々しい新緑を思い起こさせる瞳も、綻《ほころ》び始めた花びらのような唇も、伸びやかで健康な手足も全て俺のものだ、誰にも奪われたくない。

それは〝死〟に対しても思う。

誰かの手にかかるのなら、病にかかりそれに負けるのなら——自らの手で彼女の生を止める。

そのためにはアメリアの傍にいなければ。アメリアを自分に夢中にさせて他の誰をも見ないようにさせないといけない。一瞬であっても許してはいけない。

この相反する自分の想い。

呪いは解けない。自分が彼女の傍にいる限り。だって自分が彼女の〝呪い〟だから。

正直、苛立っている、表には出さないけれど。

自分はアメリアを想い、竜の呪いの解明に協力している献身的な彼女の護衛であり、恋人だ。

こんなことに時間をかけずに、自分と少しでも長く蜜時を過ごしてほしい。

——今までの自分と彼女の前世のように。

これは自分が竜だった頃の名残なのだろうか？　それとも、テオとしての執着なのだろうか？　わからない。

（竜《こいつ》はわかっている。俺がそういう執着を持っているから、自分に逆らえないということを）

『当たり前だ、お前は俺だ。何度生まれ変わろうと、見かけを取り繕おうと簡単に性根は変わらん』

（よく言う。アメリアがした碑文の訳に焦って、俺をけしかけようとしただろう？）

中の竜の焦りを感じた。竜が自分の身体を使って幾度もアメリアに襲いかかろうとしたことも。

誰がお前なんかに身体を貸すものか。抵抗していたら諦めて引っ込んでくれてホッとしたが、アメリアには不信感を抱かれたかもしれない。

『平気だろう、その後お前はまんまとあの女をものにしたのだ。疑っていたら身など任すものか。霊力を持つ女というのはそういうものさ』

それから自分の中の竜がほくそ笑んだ。

『お前は感情を隠すのがまだまだ下手なようだけどな。先月など、人間の血を浴びて嬉しそうだったぞ』

テオは少し前に行われた盗賊討伐を思い出し、目を閉じた。

――今まで容赦なく村や町を襲い、大勢の罪なき人々を殺め、財産を奪ってきた残虐非道な盗賊一味だ。襲ってきたら手加減などせずに力の限りを尽くせ。だが、投降する者がいたら捕縛するように。

カートライト伯のそんな指示に従って、戦いの火蓋が切られた。

テオにとっては何度目かの盗賊討伐だ。しかし今回、テオはもう一つ伯より役目を請け負っていた。

――ハロルドの護衛だ。

ハロルドにとっては初めての討伐であるため、慣れていない。彼専属の護衛も一緒に参加しているが、いずれも戦《いくさ》は初経験で心もとない。

なので、父である伯の傍にいるよう言いつけてはいるが、混戦になったら離れてしまう可能性がある。その憂虞《ゆうぐ》ゆえにテオが傍に控えることとなった。

そして、危惧していたことが起きた。盗賊が思ったより抵抗したため、手こずった。途中、ハロルドを敵から守ることに専念する。

明らかに他の兵士より幼く、また立派な武具を身に纏っているハロルドが敵に狙われるのは当たり前のことだ。彼が捕らえられたら状況は一変する。伯は家族思いだ。息子を犠牲にしてまで領地を守るかといえば、微妙なところだ。

テオは勇み足で前へ出ようとするハロルドを押さえながら、剣を振るう。切れ味が悪くなり、叩きつけるように敵を斬り続ける。

夢中だった——人を殺すのに。

斬り続け、敵の返り血を浴びるのが楽しくなって、『もっと殺したい』という欲望が燻《くゆ》る煙のように身体から吐き出される。意識して顔を引き締めていないと、笑みがこぼれそうだった。

（……笑っているのを見られたのかもしれない、ハロルド様に）

明らかにハロルドはそれ以降自分に余所余所しい。なのに、監視するように遠くから自分を見つめている。

——そして、今だって。

テオは、積み上がっている本の陰に居座るハロルドを眺める。彼はアメリアの一番近くに陣取り、見守っているのだ。

（……邪魔だな）

ライラはアメリアの世話の他にも城内の細々とした仕事をしていることが多く、書斎にはその合間に顔を出してくるだけであるため、そう目障りじゃない。

——先に、ハロルドを殺してしまおうか？

一瞬過った考えにテオは心の底からゾッとして、頭を振る。

「……難しい」

突如、アメリアがぼやいた。

「どうしました？」

「何が？」

ハロルドと同時に声に出したせいか、言葉が重なってしまった。しまった、とテオはハロルドと視線を合わせると、軽く頭を下げ先を譲る。

ハロルドはそれに気づいただろうが何も返さず、アメリアに再度尋ねた。

「叔父さんからもらった東国の本だよね？　ほぼ訳してもらってるんじゃなかったっけ？　何が難しいの？」

ハロルドは姉に対してくだけた言葉遣いで話す。それだけ姉に親しみを持っている。

アメリアは目頭を揉みながら話す。

「訳したといっても、私たちの言語でわかる部分だけよ。私たちの言語にはない単語の意味は翻訳されていなかったわ。……その訳されていない単語に重要な意味があるのよ」

「どういう言葉？」

「呪言よりも強い祝いの詞《ことば》に『ことほぎ』というものがあって、それは祝いの言葉――『のりとごと』というらしいのだけど、それと対になる『返しのりと』とが組み合わされたものらしいの」

「『のりと』……って何？」

「ええと、神様を称えて祈願するというのが一般の形らしいわ」

「神様を称えて頼みを聞いてもらうという部分を聞く限りは、確かに呪いを解いてくださいってお願いできそうだね」

「『のりとごと』の詞は書かれてあるけれど、肝心の『返しのりと』がないのよ……秘儀だから口伝のみで伝えられていたらしくて、細かい部分が変化したり途中が抜けていたりして、完全な形は残っていないみたい」

それを聞いて真っ先に肩を落としたのはハロルドだった。その様子にアメリアは慌てて付け加える。

「でも、効力がないわけじゃないって書いてあるわ。『一番大事なものだけが唱えられてきた』んですって。『のりとごと』も『返しのりと』も複雑すぎる『のりと』だから、だんだん簡略化されていったけれど、魂に作用する言葉だけは残って、普段行う呪《まじな》いになったそうよ。だから『返しのりと』がなくても、どうにかできるかもしれないわ」

「ちょっと、いいですか？」

テオが会話に入る。ハロルドの顔が歪んだがアメリアはそのことに気づかず、明るい笑顔を見せてくれる。書物の匂いと冷たく淀んだ空気の漂う書斎に、そこにだけ陽向のような温かさがある気がした。

「『返しのりと』というのは『のりとごと』を言った人に対して返す言葉ってことだから、最低二人いないと駄目なんじゃないでしょうか」

「そういうことよね……じゃあ、この書物での『返しのりと』を言う人って、神様なのかしら？」

「えっ？　じゃあこの本を書いた東国の人は、神様と意思疎通ができて話もできるってこと？」

ハロルドが目を丸くしてアメリアに聞いてきた。

「う̄ーん」と、そこでアメリアは頭を抱え込んでしまった。

「上手く訳せないのよ……。さっきも言ったけれど、こちらの言語では訳せない言葉も多くて……『返しのりと』を言うのは、こちらでいう神の代行者や信託者である可能性もあるし。それに『ことほぎ』ってなんなのか……」

唸っているアメリアに対し慰めの言葉が見つからないようで、ハロルドは眉尻を下げて姉の肩を撫でている。

「アメリア様、一休みされては？　今日もいい天気です。日差しが強くなってきましたが、草木は元気に青々としております。それに、そんなに気温も高くない。小川まで馬駆けしませんか？」

そうテオは提案した。

「……そうね、ここのところずっと書斎に籠もりっぱなしだったたし。気分転換した方が違う発想を思いつくかも」

「では、アメリア様とハロルド様の馬の用意をして参りますので、お支度を」

と、テオが頭を下げたときだ。

「テオ、君は留守番をしてくれ。僕と姉さんで行くよ」

ハロルドが言ってきた。だが、それを却下したのはアメリアだった。

「駄目よ、外出するときはテオを連れていくの。お父様とお母様との約束でしょう。実際、ハロルドより剣の腕も立つし」

その言葉に、ハロルドはムッとした顔になった。

「僕だって盗賊討伐のときよりずっと上手く剣を扱えるようになったんだ。それに今は平和だし、たまには姉弟二人で馬駆けしようよ」

「どこに不穏な者が潜んでいるかわかりませんよ。護衛なしでカートライト家の子息令嬢を二人だけで出掛けさせるわけにはいきません。俺だけでは不安なら、何人かつけますから」

　今度はアメリアが不満げな顔をした。

「そんなに大人数になったら全然気晴らしにならないわ。だったら行かないで城の周辺でも散歩してる方がましよ」

　アメリアはそう言うと椅子から立ち上がり、ズンズンと大股で書斎から出ていった。

「怒らせちゃいましたね」

　テオは肩を竦めると、アメリアの後を追うため踵を返そうとした。

「テオ、話があるんだ」

　ハロルドに呼び止められる。

「あの、すぐにアメリア様を追わなきゃいけないんですが」

「姉さんは城内や中庭で散歩するくらいなら大丈夫だよ」

「……どうして大丈夫だと言えるんですか？」

　ハロルドが竜の呪いを軽く考えていることに、テオは眉間を寄せた。思わず唸ってしまう。

「今、姉さんにとって危険な存在は、僕から見たらテオ、君だから」

　そう言いながらハロルドは、肩を怒らせてテオに近づいた。

「盗賊討伐のとき、僕はテオの戦う様子を見て鳥肌が立ったんだ。帰ってきてよくよく思い出して考えても〝初めての戦いによる恐怖〟じゃなかった。——テオを見て恐ろしくなったんだ。楽しげに人を殺している姿に。そんな人に姉さんの護衛を任せておけない！」

「……楽しくありませんよ、人を斬って殺してそれが楽しいだなんて。でも、そうしないとこっちがやられるんです。倒れたら力のない領民が殺されるんです。守るために罪を背負うんです。剣を持つということはそういうことです」

「テオの言っていることはわかるよ。僕だっていずれはカートライト領を継ぐ。だから領地を守るために命を選ばなくちゃならない日が来る。でも、テオのは建前だ、そうだよね？」

「人を、殺人狂みたいに言わないでくださいよ」

失礼します、ともう一度頭を下げてその場を去ろうとしたが、ハロルドが腕にしがみついてきた。

「僕から父上に話しておく。姉さんの護衛は降りてくれ」

「……どうしてそんなに、アメリア様から俺を引き離そうとするんですか？」

しがみついて離れてくれない。引き剝がそうとすればできるが、力任せにそうしてしまえばハロルドに怪我をさせてしまうかもしれない。カートライト伯の下にいるのに、息子で跡継ぎのハロルドを傷つけるわけにはいかない。

「いずれ姉さんが、君に殺されそうで怖いんだ……！」

「――!?」

「嫌な予感がしてならないんだ。おかしいと自分でも思うよ。でも、テオを見ていると不安で胸がいっぱいになる。姉さんがテオを好きだってのは知ってる。でも、歓迎できない。身分差があるから言ってるんじゃない。テオはなんなの？　何者なの？　……ううん、以前の陽気で元気で、けど、姉さんを一途に想っていたテオはどこへ行ったの？　君は誰なの？」

「……何を言ってるんだか、俺は俺です。いい加減に放してください」

テオは少々乱暴に手を振り払う。それに怯《おび》えたようにハロルドが離れた。その様子に、テオは苦虫を噛み潰したような顔をする。

「ハロルド様は初めての戦いでまだ精神が緊張しているのでは？　俺が怖いだの、俺はどこへ行っただの……」

「テオ、テオは嘘つきだ。以前の、姉さんを好きだったテオじゃないくせに。いったい何が――」

「煩い。戦で勇み足をして迷惑をかけた奴が、ここでいらぬ勇気を出すんじゃない」

吐き出してしまった言葉は、とてもじゃないが臣下の言う台詞じゃない。けれど、我慢できなかった。

確かに討伐は楽しかった。人を殺せて楽しかった——それまでになかった感覚は、眠っていた竜の性《さが》だろう。そこを指摘されて慄いた。

そしてもう一つテオにとって衝撃だったのは、ハロルドにも巫女《シビラ》としての資質があったということだった。

自分が以前の自分と違うと真っ先に気づいたのは、アメリアじゃなくて弟の方だったのだ。

「……無礼を言って申し訳ありません。俺は俺です。ただのテオです。……そんな戯れ言を旦那様や他の者たちに触れ回るのはやめてください。勿論、アメリア様にもです。でないと、守るべきところでお守りできなくなりますから」

そんなことを言ってる時間があるなら剣の腕でも磨いていてくださいとテオは冷たくあしらうと、アメリアの後を追った。

ハロルドは一人、呆然と書斎で立ち竦んでいた。テオの言葉がゆっくりと頭の中に入ってきて、それが大層な屈辱だったことに気づく。そしてそれ以上に、テオの出す気迫に圧倒されていた。

それだけで彼が今までの彼とは違うと確信するには十分だった。

巫女としての血筋は女性限定だというが、本当は男性にもあるのだとハロルドは考えている。実際、些細なものだが小さい頃から不穏な気配や、邪な相手をなんとなく感じることができていた。

ただ、このことは誰にも話していない。姉のこともあって、妙な力があると言ったら母が哀しむし、父も余計な気を遣うと思ったから。

でも、せめて父には話すべきだったと後悔している。父だってカートライトの血筋だ。もしかしたら微力ながらも〝勘〟のようなものが備わっているかもしれない。

ハロルドは盗賊討伐のときに見たテオの変化で気づいたのだ。

(危険だ、テオは。いや、テオだった男は)

どうしたらいい？　齢《よわい》十三の自分はまだ幼い。誰かに頼るしかない。

――まず父だ。

ハロルドは父のいる執務室へ急いだ。

◆　◆　◆

「風が気持ちぃい……。来て良かったわ」

「でしょう?」

「いい気分転換になったわ、ありがとう、テオ」

アメリアは、テオと一緒に森の中に流れる小川の傍にいた。

浅くて幅もない川だが、源流に近いせいか水は清涼だ。夏になれば領民たちはわざわざこの小川まで果物を冷やしに来たり、涼を取ったりと楽しんでいる。

夏は始まったばかりで、そう暑くない。だが馬駆けでここまでやってきたアメリアとテオの首筋や背中には、汗が噴き出していた。

テオは籠に入れたトマトや林檎を川に浸し、流されないように低木にくくりつけておく。

「でもハロルドが来ないいなんて思わなかったわ。あの子、川遊びが大好きなのに」

「もう十三ですよ、ハロルド様も。いい加減大人になったんですよ」

テオの言葉にアメリアは「ふーん」と納得のいかないような返事をしながら、持ってきた布を小川に浸し、絞る。ヒンヤリとした布で顔や首筋を拭うと、さっぱりする。

「テオもする?」

「お構いなく」とテオは、持参した自分の布をアメリアと同じように水に浸し、顔や首を拭う。彼の方は大胆で、布は大して絞らずにひたひたになったままだ。

アメリアはその様子をジッと眺めていた。

襟元を大きく開け、濡れた布で拭う。隙間から垣間見える彼の胸板が眩しく感じる。

つい数日前、自分は彼に抱かれた――夢だったのだろうか？

（……そう思うほどに、あれから色事めいたことがないのよね）

テオは徹底して〝護衛〟の顔を崩さない。自分もそんな彼に女として甘えるわけにもいかず――というより、いつでもどこでも人の目があるのが大きい。

とにかくハロルドが自分とテオの間に入ってくる。父に「テオとともに護衛をするように」と命じられているのだから仕方ないのだが。

（だからといって、ハロルドも、そう、もう少し、気を利かせて、ねぇ？）

そこまで考えてアメリアは物憂げに、溜め息を吐いた。

今までは「テオ」と気軽に呼んでまるで兄のように彼を慕っていたハロルドが、最近は目の敵にしているような行動を取る。

いったいどうしたんだろう？　と思いハロルドと話そうとするものの、やはり東国の本を翻訳するという問題にかかりっきりになってしまうアメリアだった。

いつも姉としてハロルドには親しく接しているつもりだが、最近は竜の呪いを解くことに一生懸命で、周りが見えなくなっている。

十八のうちに自分は死んでしまうのだと思うと、一刻も早く呪いを解かなくてはと気が急いてしまっている。

――同時に、間に合わなくて儚くなっても、次の竜の呪いを受けてしまったカートライト家の女性が救われれば、いや、そのとっかかりでも見つかればいいのでは？　とも思うようになっていた。

それはきっと、テオとの関係が変わったせいだ。

ようやく想いを遂げることができた。彼と結ばれたとき痛みはともなったが、それ以上の喜びと幸福を味わった。

一時でも彼を自分のものにできた。それが泣くほど嬉しかった。

不意にあのときのことを思い出す瞬間がある。身体に奇妙な疼きが起きて下腹の奥が熱くなり、秘裂がじんわりと湿る。テオを求めている身体が気恥ずかしく、また、愛しくもあった。

（……テオはどう思っているのかしら？）

はからずも今、彼と二人きりだ。普通の恋人同士だったらどんな会話をし、どんな風に身体を寄せ合うのだろう？　きっと自分に女性の友人がいたなら恋の話を聞けただろうけれど、呪い持ちの家系のことは周辺でも有名で、物心がついた頃から女友達と呼べる相手はいなかった。

それも運命だと受け入れていた自分だが——恋だけは叶えたかった。テオと愛し合いたかった。それを考えたらすごい進歩だ。彼への想いを諦めなかったのだから。

（けれど叶えた後のことも、あるのよね。……生き続けていれば）

自分はいつまで生きていられるのだろう。秋頃まで？　それとも冬？　来年の春まで、十九になるギリギリまで生きていられるだろうか？

死ぬ瞬間まで——彼の温もりを感じて笑っていられたら、どんなに幸せだろう。

（きっと、そうなんだわ。だからテオは私を殺すのね）

あの先見はそういうことなんだ。

あれは私が望んだんだ。

「例の一文のこと、考えてるんですか？　……アメリア」

顔を覗き込んできたテオが、戸惑いながらも名前を呼んでくれる。

二人きりのときには様付けはなしで——覚えてる。たったそれだけのことが嬉しくて、羽が生えたように身体が軽く感じる。

「少し、ね」

アメリアは自分にかかっている呪いについて、先見について思いを馳せていたことを誤魔化す。

「いずれ、私は貴方に殺される」なんて本人に言いたくないし、ましてや愛する相手だ。

「『のりと』ってね。神様に申し述べる言葉だけでなくて『祝う言葉』っていう意味もあるんですって」

「祝う言葉……。『おめでとう』とかですかね？」

「そうよ、あの本が書かれた国には、言葉には力があって口から吐き出す言葉には魂が宿るという考え方があるらしいの。言霊《ことだま》っていうんですって。だから、自分の運を上げたいときは正の言葉を多く言うといいらしいわ。すごいわよね、祝いの言葉を口にするだけで幸せを持続させる効果があるって」

「でも、なんかわかる気がします。負の環境にいたり嫌な言葉を聞かされ続けていたりしたら、それに取り込まれるっていうか、その通りに動きたくなるっていうか……そういうのってあります」

「そういうことがあったの？」

アメリアは驚いてテオに問いただす。カートライト城でテオを責める者がいるのだろうか？　と。

「……孤児院で、ですよ。今は『孤児の俺がこんなに幸せでいいんだろうか、いつか罰がくだるんじゃないか』って思います。それほど俺、幸せなんです」

「良かった……。誰かに、その……父とかが察して何か言われたんじゃないかって……」

「まだですけれど。でも、いずれ言わなくちゃいけないって思ってます」

「テオ……」

熱い眼差しがアメリアを射貫く。自分との関係を真剣に考えて、父に話すつもりでいるのだと語っているかのようだ。

胸が苦しい。テオの一言一句が胸に刻まれ、そのたびに甘い痺れが生まれて、それが愛しくてたまらない。

(愛されている、私は)

「アメリア。俺、思うんですけれど、『のりと』って愛を述べる言葉もそうだと思うんです。だから本に書かれている内容にこだわらなくてもいいのでは？」

「愛……そうね、きっとそうね」

愛は決して負の感情からは生まれない、とアメリアは思う。

「テオの言う通りだわ。想いを言葉にするだけでそれは続くのね……」

テオの顔が近づいてきたので、アメリアは高まる胸の鼓動を聞きながら、そっと瞼を閉じる。微かに唇が合わさったかと思うと、彼の少しかさついた唇の感触が少し離れ、囁く。

「俺はアメリアを愛してる。ずっと貴女のことは魂に刻まれている、ずっと」

魂に『刻む』ではなくて『刻まれている』——その言葉の選択にアメリアは疑問を覚えたが、口づけが深くなったところで霧散してしまった。

「愛してます、アメリア」

「テオ……わ——」

アメリアは自分の想いを声に乗せなかった。乗せたらいけない。〝愛〟は正の感情だと思うけれど、彼を縛り付けるに十分なほどの絶大な力を感じる。

「愛してる」の言葉でテオを縛り付けたらいけない。言葉に魂が宿ってしまう。

それは東国の本を翻訳して強く確信した。『言霊』という概念がその国にはある。言葉には不思議な力が宿っているという。発した言葉には力が備わり、影響を及ぼすという。

「愛してる」と自分が言えば、彼はその言葉を支えに自分を守り、愛するだろう。

けれど、今の私の想いは不純だ。だって愛の言葉を囁いたことで自分の死後、彼が誰も愛さないでいてくれることを願っている。

特に、巫女《シビラ》として力が開花した自分が望めば効果は大きいだろう。

（ごめんなさい、テオ）

代わりにテオの背中に腕を回し、強く抱き締める。より密着した口づけになった。

硬く引き締まったテオの胸の感触と鼓動に、アメリアの身体の血が一気に上がってくる。

テオの舌が唇を割って滑り込んでくる。それを待ち受け自ら舌を絡ませる。

彼の口づけは情熱的で、アメリアは夢中になってそれに応えた。それが彼への愛の証になってほしいと願うように。

けれど舌先を甘く嚙まれ、口蓋のいたる所を舐め回されてしまうと、クラクラして全身から力が抜けてしまう。

テオは深いキスを続けながらアメリアの背中に手を当て、ゆっくりと柔らかな草の上に仰向けにした。そのまま折り重なるようにテオも倒れる。

「んん……」

テオの身体の重さと熱さにアメリアは感激する。生きている人の温もりが、確かにここにある。それを感じることができる自分も、まだ命を燃やしているのだと。

ちゅっ、と音がしてテオの唇が離れ、彼が見下ろしてきた。

木陰とテオの影の中で彼の琥珀色の瞳が妖しく輝いているように見え、アメリアの背中が粟立つ。

これから捕食しようとする獣の目のようだ。なのに、見入ってしまう。自分もまた、この瞳に見守られながら喰われることを自ら望んでいる兎のようだ。

「アメリア、俺のこと……どう思ってる？」

唐突に囁かれた切実な言葉に、アメリアの胸が痛んだ。

「愛してる。きっと貴方が私を想う以上に愛してる」と、そう言いたい。

でも言ったらいけない。私の愛はこの人を一生縛り付ける、と自分の感覚が訴えている。

明日にも死んでしまうかもしれない自分の愛で、テオに孤独を背負わせるのかと。

「……一時でいいの。こうしてテオと想いを遂げるのは」

だから自分が儚くなったら、貴方に好きな人ができたら、忘れていいの。そんな意味を込めて告げた。

「アメリア……」

切なさの増した声が落ちてくる。その声さえもアメリアには魅力に感じられる。

愛を告げないのに、彼からは甘い言葉を期待しているのだ、自分は。だのに自分は、「愛してる」の言葉を期待する、その甘美な響きを待っているテオの気持ちを弄んでいる悪女のようだ。湧き上がる哀しみを喉元で押さえ込む。

「テオ……わかって……」

それだけ言うのが精一杯だった。

テオは強く目を瞑ると、諦めたように息を吐いて再び目を開けた。そしてアメリアの言葉に同意するように頷くと、上半身を起こしアメリアの腰を抱き上げた。

「えっ？」

そのままクルリと裏返しにする。やすやすとうつ伏せにされてしまい、アメリアはポカンとしてしまう。どうしてこうした体勢にされたのかわからなかった。

腹ばいにされた上に、腰だけ引き上げられて脛《すね》をテオの太腿に乗せられてしまい、尻を高々と突き出す格好にされる。しかも尻がちょうどテオの顔の高さになっている。

とてつもなく卑猥な体勢で、アメリアは慌てて四つん這いで逃げようとしたが、テオはがっちりと腰を押さえ込んでいて、引き戻されてしまう。

「俺の欲しい言葉をくれないのなら、仕方ありませんね。身体で俺をどう想っているか表してください」

「テ、テオ……、でも、これはいったい……っ!?」

狼狽えている間にテオはアメリアのスカートをめくり上げ、トラウザーズを膝まで下げてしまう。

「ひっ、やっ、だ、だめ……っ、こんな、恥ずかしい……っ」

「俺のことを想っているのなら、これくらい我慢できますよね？」

テオのことは好きだ、愛してる。けれど、言葉にしたらいけないという感情が羞恥をねじ伏せる。言えないなら身体で証明するしかない。

テオは大人しくなったアメリアを一瞥すると上着を脱いで、うつ伏せになっているアメリアに渡す。

「達きすぎて地面に顔を埋めちゃうかもしれませんから、顔の下に敷いておいてください」

「そ、そんなに？」

「だって、アメリアは初体験で達ったでしょう。すごく感じやすい身体ですよ」

それは、テオだから――と言いかけたが、言葉を呑み込んだ。

「ひゃっ!?」

アメリアは急な刺激に声を上げた。アメリアの一番感じやすい箇所をテオの指が擦り始めたからだ。

秘裂がテオの目の前に晒されている――その事実に羞恥だけではない熱さが身体中を巡る。とろりと腹の奥から愛液が滴り出すのを感じた。

「ほら、触るだけでもう感じちゃって、中から蜜が溢れ出しましたよ」

テオの指が滴る蜜を絡めとり、花弁に擦り付けていく。下からまだ小さな蕾を探り、くりくりと指の腹で擦られると、ぷるぷると尻が震えた。

「アメリアの尻は真っ白で綺麗だ。それが俺の指でふるふると揺れて、まるでプディングのようですよ。かぶりつきたくなります」

「い、いやっ、や、ぃや、ん」

呼気の荒くなってきたテオの台詞にアメリアは本気で噛まれそうだと怖くなり、また逃げようとする。だが、テオが許すはずもなかった。

「かぶりつきませんよ、だけど……」

生ぬるい感触が尻に触れ、下から上へ何度も舐められる。時々、ちゅっ、と吸い付かれ、テオが自分の尻を舌と唇で弄んでいるのだと知る。

「やぁ、ぁん、は、恥ずかしい、テオ、やっ、こんな格好……」

二人しかいないとはいえ、日の高い時間に睦事をしようとしている。もしかしたら領民がここにやってくるかもしれない。しかも、自分は外気に晒された尻だけでなく、秘された場所さえも彼に向けているのだ。ただでさえ慣れていない行為なのに、こんなあられもない姿を領民に見られたらと思うと気が気でない。

「どうして？　魅惑的な光景なのに……」

しかしテオは、アメリアが恥ずかしがる理由とは微妙に違うことを言う。

そうじゃないのに、ううん、格好も恥ずかしいけれど——とモジモジしていたら今度は花弁に熱い息がかかった。

「——ひゃっ？　やっ」

アメリアが声を上げた瞬間に、何か濡れた柔らかなものが花弁を撫でた。それは閉じた秘裂の中央をこじ開けるように上下に撫で回し始める。

この厚い濡れたものはテオの舌だ。そう気づいた瞬間アメリアの身体はカッと熱くなり、下腹部からまたじわりと蜜が生まれてくる。これが彼の舌だと思うだけで、身体がいやらしく反応してしまう。

「ああ、ほら、どっと蜜が……アメリアはここを弄られるのがお好きなようだ」

彼はうっとりした声で低く囁くと、じゅるりと音を立てて愛蜜をすすり上げ、滑らかに舌を動かして蜜口の浅瀬を掻き回す。

それだけでなく、片手をアメリアの一番敏感な奥に潜む突起にまで伸ばし、薄皮を剝がして擦り始めた。

「……ふっ、やぁ……ぁあっ、だめ、だめなのぉ……」

待ちわびていたように身体が甘い刺激に順応し、小刻みに震えてしまう。

「身体は俺を待っていたようですよ。たったこれだけでポタポタと蜜がこぼれて……秘裂がヒクヒクしている。欲しがってますね、もう挿れてしまいましょうか？」

「い、挿れる……の？」

自分のそこはもうそんなに、彼を欲しているのか？　とアメリアは不安定な体勢で後ろを覗く。

テオと目が合い、彼に艶笑されて息を呑む。琥珀色の瞳が揺らめく木漏れ日に当たり、神秘的な光を放っているように見えた。

なんて綺麗なんだろう――

晴れた日、木漏れ日の下でこうして彼と睦み合い、目と目が合うたびに自分は彼の宝石のような目に見惚れた。

（？　誰の記憶？）

一瞬、自分が身体ごと遠くへ行った気がした。それは遠い遠い過去で、自分だけど自分じゃない誰かの記憶だ。とても懐かしい、けれど胸が締め付けられるような恋慕――。

意識がそっちへ向かいかけたが、ぬぷりと粘着した音とともに蜜口に熱い何かを押しつけられて引き戻される。

当てられたのはテオの欲望だ。熱くて硬い男の塊の切っ先だ。それがわかった刹那、媚肉の狭間を割って一気に挿入された。

熱い剛直が隘路を広げ、奥まで突き入ってくる。

「ああっ、あああぁっぁあああっ――」

深い衝撃に身体の奥から甘い刺激が瞬く間に放出され、あっという間に果ててしまった。

腹ばいで身体を震わせて、官能に浸る。

「ほら、アメリアはこんなに感じやすい。あっという間に達ってしまった」

テオはアメリアの腰を掴み、大きくゆっくりと自らの腰を前後させる。

初めての折にテオの烈根を受け入れたような痛みは全くなく、やすやすと彼を受け入れてしまった。アメリアの中は歓喜して蜜を滴らせ、きゅうきゅうと男の欲望を締め付けるように蠢いている。

アメリアの中の悦びに、テオはフッと微かに声を出して笑う。

「アメリアの身体は素直だ。俺が欲しいって、愛してるって涎まで出して迎えてくれてる」

「あっ、ぁあ、ああ、あん」

目いっぱい中を満たされて息をするのも苦しいのに、疼き続けている膣壁は悦び、身体中の快感を引き出そうとしている。それが気持ち好くて、外だということも忘れてアメリアは甘い嬌声を上げてしまう。

「いい声だ……もっと気持ち好くなりたいですよね？」

「ひ、あ、あ、あ、ぁあ、はぁ、ぇ、ええ……」

　くすりと、テオが意地悪そうに笑う。

「貴女は睦事のときはとても素直ですね」

「それは、テ、テオだから……」

　そう言うと、テオの動きが止まった。何か躊躇っているような空気を感じてアメリアはまた後ろを振り向こうとしたが、きつく腰を掴まれ深々と最奥まで突き入れられてしまう。衝撃で目の奥に火花が飛んで、思わず声を上げた。

「――はあああああっ」

　テオはそのまま、がつがつと激しい抽挿を始める。

「ひっ、あっ、ぁあ、はぁっ、ふ、深い……ぃ、あ、ああっ」

　目が眩む。快感が次から次へと襲ってきて思考が追いつかない。なのに身体はしっかりと受け取っていて、子宮口のあたりで弾けては火花が飛ぶ。

　しかも背後からの挿入のせいか、笠を張った先端部分が背中側の膣壁をぐりぐりと抉りながら奥へ突き抜けていき、アメリアは容赦ない熱い愉悦に翻弄されてしまう。

「あっ、ぁあっ、ああ、テ、オ、だ、だ、だめ、壊れちゃう……っ、ぁあ」

「壊れて、ください。俺に夢中になって、俺しか見えなくなって、何もかも放り出すくらいに」

テオはアメリアの背中に獣のように抱きつくと、彼女のうなじに軽く歯を立てながら深々と挿入した男根を腰を使ってぐるりと押し回す。

ただ突き上げられるのと違って、肉壁全体を刺激するような動きにアメリアは抗えない悦楽に呑み込まれる。

「ひぁ、あ、あああっ、や、ぃやあっ、あ、ああっ、い、ぃい、いい、のっ……ああっ」

このまま、快楽の底までテオと二人、堕ちていけたらどんなに楽だろう。

壊れて、テオしか見えなくなって、隠すことなく「愛してる」と言って、本能のまま睦み合って、そして生きていけたら――。

苦悩と快楽の狭間でアメリアの目から涙が溢れる。いずれ自分は呪いに殺されて、テオは生き続けていずれ他の女性を愛して。考えると嫉妬で気が狂いそうになる。

「……あっ、あ、あ、テオ、ああ、わた、し……貴方のこと、を……」

――愛してる。

そう言ってしまえばいい。彼を愛の言葉で縛り付けてしまえ。私が死んだ後、殺した罪悪感に苦しみながら一人孤独のまま、私だけを想い続けて。

——駄目よ。

ああでも、このまま私が彼の求める言葉を告げないでいたら、きっと殺される。

——それだって、いいじゃない。何者かに殺されるより、おかしくなって自ら命を絶つよりも。

先見で視えた私の姿——私が望んだこと。

きゅっ、と下唇を噛む。今は、テオから与えられる凄まじいまでの官能を、恋慕を身体に刻んで悦びの声にする。

「いい、の。テオの、いい……っ」

「アメリアの中が、すごく感じてる。ほら、いやらしい音が聞こえるでしょう？　俺のを中から出したくないから、キュッと締まって。締まるから出し挿れするたびに空気が中で音を出すんです」

抜いて挿し入れると、パン、と破裂するような音が響く。あまりに大きな音を出すのでアメリアは恥ずかしさに腰を揺らす。しかし、それさえも快感の呼び水にしかならなかった。

「もっとしてほしいみたいですね。アメリアの身体は貪欲だなぁ」

テオがからかうように言ってくる。けれどそこに快楽を耐えているらしき響きを感じて、アメリアの胸は切なく鳴った。彼のそんな苦しげな声もいい。彼が自分の身体をただ貪るだけの獣ではなく、愛する者に快感を与えるためにこうして耐えているのだと容易にわかるから。

テオはアメリアの反応を窺いながら腰を回したり、かと思えば最奥を貫いたりと細やかな動きを続ける。

ふと、膨れた笠の部分が腹側の膣壁を強く抉った——その瞬間、脳まで突き抜ける愉悦にアメリアは目を見開いて甲高い嬌声を上げた。

「ひぃいっ!?　やっ、ぃやあぁっ、ん、そ、そこ……っ」

「ああ、ここがいいんですね？」

テオは腰の角度を変え、そこばかりを擦り始めた。

「ひやっ、ぅっ、あ、だめ、だめったらっ、そこは、だめなの……っ」

腰だけでなく身体全体を震わせるほどの凄まじい快感が、何度も襲ってくる。これ以上そこを弄ばれたら本当におかしくなってしまいそうだ。

息継ぎができなくなって「ひっ、ひっ」と肺が痙攣したような呼吸しかできない。快感のあまりアメリアはテオの上着を握りしめ、生理的な涙をこぼし続けた。

「ねえ、俺のこと、どう思ってるの？　ただの護衛かな？」

「そうだよね、ただの護衛に身体を好きにされてるなんてこと、アメリアはしないよね。じゃあ、なんなんでしょうかね？　俺は。ただの幼なじみ？」

　テオが息を荒くしながら聞いてくる。それに答えられる余裕はもうアメリアにはなかった。

「ち、違う……」

「違うぅ……ちがっ、ぁあっ、あああっ、ん、ふっ……だめ、もう、もう……っ」

　目を瞑ってもチカチカと光が瞬く。ああ、もうすぐ達ってしまう——アメリアは貪欲に悦楽を求める。

　灼けつくような愉悦で脳まで蕩けて、何も、いや、性欲を満たすことしか考えられない。

　——早く、はやく。

　テオの片手がアメリアの腹を探り、その下の薄皮を剥がした突起に触れた。

「——ひっ！」

　内から何度も擦られている箇所は、外からはその辺りだったんだと気づいた。

　ついに限界を超えて煌めく絶頂に全てを奪われた気がした。

　身体がふわりと浮く錯覚を覚え、それからすぐに強く全身が強張る。

　そして一気に奈落へ堕ちていくような感覚。

「あああああっ、――あああああっ、あ、あ、ああっ、あああああああああっ」

びくんびくんと四肢が痙攣し、テオの肉根で埋め尽くされている蜜路まで収縮する。

アメリアは前にのめり込む姿勢になる。テオは素早く腰を引くと、露わになっているアメリアの太腿の間に欲望を吐き出した。

「……ぁ、あ、ああ……はぁ……」

互いにその場に倒れ込みつつ、荒い息を整える。身体から玉の汗が流れ、乱れた服と柔らかな草地に滴り染みていく。

どうにか声が出せるまでに回復したアメリアは、ゆっくりと口を開いた。

彼に言わなくてはならない言葉がある。

「テオ……信じてほしいの。私、貴方のこと、ただの護衛とか幼なじみとかって思ってない。……家族のように大切な存在なの」

真っ直ぐテオを見つめ告げる。

テオもしばらくアメリアを見つめて、目を細め笑ってくれる。

アメリアはそれを見て納得してくれたのだと思い、テオにキスをする。

テオはのろのろと手を上げてアメリアの首元を擦る。しばらくそうしてから彼女の身体を抱き締めて言った。

「ずっとお傍にいます。生まれ変わっても貴女を追いかけて傍にいます。……生まれ変わりたくないと思うまで」

第五章

「今回の小麦も出来が良さそうですわね。豊作で良かったわ」

テオたち使用人に見守られながら、夕食を摂っていたカートライト夫人が伯に安堵したように言っている。

「そうだな。秋に蒔いた種も順調に育っている。春に蒔く麦もいい出来になるだろう」

今、収穫しているのは冬小麦といい、冬を越して夏に収穫される。そして春に蒔く麦は春小麦という。カートライト領周辺は冬も気温が低くなりすぎることがないので、冬小麦を多く作っていたが、昔から二期作を行い、春小麦も作るようにしていた。その理由は——。

「お父様、今回はなるべく小麦の出荷は抑えた方がいいわ。厳冬になるみたいだから」

黙って食べ物を口に運んでいたアメリアが口を挟んだ。伯は娘の意見に、ハッとしたようにナイフとフォークを置く。

「〝視えた〟のか？」

「お話し中に口を挟んでごめんなさい……。麦の話が出た途端に、フッと頭に光景が浮かんだの。厳しい寒さよ……風が強くて冷たくて……」

「寒波がやってくるか。だとしたら、十五年ぶりぐらいだな？」

寒暖差の激しくないカートライト領周辺でも、十〜二十年単位で厳しい寒さが訪れる。すると寒さに慣れない民の間で死者が急増する。そういった冬は大抵長く、春も総じて気温が低い。それゆえ寒さに強い冬小麦も生産量が落ちる。

寒波がやってきて恐ろしいのは〝そのとき〟だけではない。凍りついた大地は肥料も作物も受け付けなくなり、土地は痩せ衰えてしまう。土地の回復を待たなくてはならないし、普段作る野菜も育たなくなる。そうなると食料不足に陥り、餓死者が出る。それが数年続くのだ。そのままにしておくと領地の経営は成り立たなくなる。

「早いうちに備えておいた方がいいわ」

アメリアは額を押さえながらそう話す。頭痛を伴っているのだろう。〝視えるもの〟があまりに多くて鮮明だと目の裏や前頭部が痛むらしい。

（……なんなんだ、この記憶は……ああ、俺の前世の記憶か？）

竜の記憶ではなさそうだ。フッと浮かんだ女性の顔がアメリアとかぶる。

誰なんだろう？　最近はボウッとしていると、自分が自分である前の記憶が浮かんできて、パッチワークのように縫い合わされていく。こんな前世の記憶が頭の中で混在しているときに、領地が襲われたり野盗が現れたりといった面倒ごとがなくて良かった。

それに今はアメリアも〝竜の呪い〟を解く鍵を見つけるために、ほぼ城に籠もって東国の本を翻訳している。テオはお目付役として彼女の傍にいればいいので、護衛としては気が楽だ。

（……いや、そうでもないか）

テオは食堂の壁際に立ち、ハロルドを盗み見する。

今日、彼は一緒に小川までついてこなかった。ということは、昼間のやりとりについて父である伯に相談しに行ったはずだ。

（さて……アメリアから引き離されたらどうするか）

『決まってるだろう？　殺すのさ』

そう語ってくるのは、竜。自分の遠い過去の姿。話しかけてこられるのも、今までの自分の前世を見せられるのも大分慣れた。最近はこの声は幻聴で、夢や頭に浮かぶ光景も幻視、自分の精神はどこかおかしくなっているのかもしれないと考えるようになっていた。

けれどそう考えても、追い込まれれば追い込まれるほど力を発揮するという自分の特性は尋常じゃなくて、竜の名残じゃないかとも思う。

考える時間があればこうした堂々巡りをしてしまい、テオはそっと溜め息を吐く。

「今から薪もたくさん作っておいた方がいいな。それと領民の家屋を確認して、補強すべき箇所は補強しなくてはならない」

こういう伯の考え方がテオは好きだった。『領民あっての経営』という信念で、自分の領地に住む民を大事にする。本来ならば厳冬が来ること、各自で家屋を補強する必要性を民に通達して終わりになるのに、金銭を出し惜しみせず領主自ら動き、手配をする。アメリア抜きにしても尊敬できる主だ。

「以前の寒波のときには人が大勢亡くなったわね……。それで子供だけが残って、身寄りのない者は孤児院に引き取られて……」

と、夫人がいきなり自分に視線を投げかけてきた。

「テオもその中の一人だったのよ。覚えていないかしら？」

「酷く寒い冬で、全てが凍り付きそうだった年ですかね……うっすらと覚えていますけれど、腹は減ってるし凍え死にそうだったことぐらいですね」

テオは首を捻り、幼い頃を振り返る。覚えているのは大人の男女と一緒に暮らしていたことと、その暮らしぶりは決して豊かではなかったことくらいだ。吹きすさぶ風が容赦なく室内に流れ込むような、家屋とはいえない住処で、文字通り三人身を寄せ合っていた。暖炉は薪が足りないのと入ってくる北風ゆえに消えてしまい、二人は自分を囲むように抱き締めてくれていた。あれがきっと自分の両親なのだろう。

今思えばカートライト領に住み始めた頃は、その二人としか交流はなかった。村はずれの、あまり人の通らない場所に物置小屋のような小さな家屋を建ててひっそりと暮らし、自分一人で外を出歩くことはなかった。大抵は父か母、どちらかが必ず付き添っていた。

隠れ住む、という言葉が当てはまる環境だったことに、テオは改めてゾッとした。

もしかしたら自分の両親は、何かとんでもない罪を犯した犯罪者だったのかもしれない、と。

だからカートライト領に住んでも、ああして人と交流することもなく、隠れるように暮らしていたのか。

そう考えると、自分がいずれアメリアをこの手で殺めることにも納得がいく。

――元々、そうした犯罪を犯しかねないような血筋のもとに転生をしているのだ、と。

声を上げて笑いたくなるのをテオはジッと堪える。最低な血筋だ。こんな奴がアメリアを愛してこの手で絶望を与えるというのか。

（いや、違うな……。俺は彼女に本当に愛されているのか、わからない）

「愛してる」という言葉に、アメリアは「私も愛してる」とは返してこない。

そういうことなのか。出自のわからない相手に愛は囁けないというのか。

いや、アメリアは身分で人を評価したりはしない。ずっと彼女だけを見てきた自分にはわかる。

では、なんなのか。

『もうじき死ぬからだろう。恋も知らずに、男も知らずに死ぬのは嫌なのさ。一つ前のときも、その前のときもそうだった。……決して愛を告げない。擬似恋愛を楽しんでいるだけさ』

（竜？）

思わず問いかける。最後の言葉がとても寂しく哀しく響いたのは、きっと気のせいじゃない。

「テオ」

アメリアが自分を呼ぶ。また顔色が悪く見えたのだろうかと彼女に視線を向けて、思わず駆け寄る。顔色が悪いのは彼女の方だったのだ。

「アメリア様、頭痛が酷いんじゃ……」

「……悪いけど部屋に連れていってくれる？」

伯と夫人に顔を向けると、頷いてくれる。

「あとで薬を煎じて持っていくわ」

夫人の言葉にテオは「かしこまりました」と返事をすると、アメリアの背中と膝裏に手を差し入れ、抱き上げた。

「ぼ、僕が姉さんを連れていくから！」

そこに水を差すように声を上げたのがハロルドだった。

「お前ではまだアメリアを抱き上げられないだろう。ここはテオに任せなさい」

伯が息子を引き止めた。

「でも、父上……！　先ほど話した通り僕は！」

「ハロルド、聞き分けなさい」

伯の厳しい言葉が食堂に響く。

ムッと肩を怒らせたハロルドにアメリアは言う。

「ごめん。ハロルド……もう少し大きくなったら、ね……？　お願いするわ」

痛みで歪んだ笑みを弟に見せる。姉なりの気遣いなのだろう。それにしても、早く床につかせたいのに気の利かない次期後継者だとテオは思う。

ハロルドがこんな態度を取るのは全て、自分が気に入らないからなのだろう。

テオは軽く会釈をし、アメリアを抱きかかえて食堂から出ていった。


アメリアの頭痛は酷いらしく、吐き気までするらしい。

「アメリア様、肩と首を軽く揉みましょうか？　それで良くなる場合があるようですから」

「……ありがとう。でも今は横になりたいの……もう少し楽になってからお願い……」

ライラに手伝ってもらい寝衣に着替えたアメリアは、寝室で控えていたテオの言葉にそう答えると、寝台に入り込む。

ちょうどそのタイミングで、夫人が薬湯を持って入ってきた。

「テオ、もういいわ。下がって食事を摂ってきて。それから食事が済んだら旦那様からお話があるそうよ。執務室へ行ってね」

そう言うと、夫人はテオのいた位置に収まり、娘に薬湯を手渡した。

とうとう来るべきときが来たな、と察したテオは、「わかりました」とお辞儀をして部屋を去った。

アメリアの頭痛も心配だが、ハロルドが伯にどう説明したのかが気になる。「娘が寝込んでいるうちに城から出ていけ」と言われるか。それとも領主の娘に手を出した罰として斬られるか。

仲の良い姉弟だし、ハロルド自身も幼い頃から周囲の些細な変化に敏感で、相手の顔色の変化などを読み取る能力が高い。

こうして護衛として姉に付き添っている今、姉の変化にも気づいているだろう。きっとアメリアと自分が男女の関係になったことを察しており、それを父親に告げないはずもない。

(アメリアを殺すことになるのだろうか……?)

愛した者に殺されるという絶望を彼女に与えなければならない。けれど、まだ達成されない。

アメリアから愛を告白されていないから、絶望を与えられないのだ。

ある事実にテオはハッと気づく。自分の前世を思い出していくうちに、そこにおかしな点があることに。

自分を含む竜の転生者は、愛される前に彼女を殺している。

(いや、そんなはずはない。アメリアも、今まで殺めてきたカートライト家の女性も……）

――どうして愛されてないのに、殺したんだ？　早すぎるだろう？

愛し愛された上で殺すべきだ。

自分というものを心身に刻んで愛される悦びを与え、この手で〝死〟という絶望を与えなければならないのに。

生まれ変わることなど無意味だと知らしめる、転生を諦めさせようとしているのに、これでは逆じゃないか。

（だから？）

だから彼女は転生し続けて、自分も転生して追いかけているのか？

（おかしい……おかしいじゃないか？）

彼女は愛した者に殺されて絶望しなくてはならない。これでは――。

――彼女から愛を得るために、転生して追いかけているようじゃないか。

こういうとき、あの声は囁いてこない。それがまどろっこしいし、腹が立つ。

「都合の悪いときには、囁いてこないってことかよ」

テオは腹立たしさで壁に拳を叩きつけ、食事も摂らず伯の待つ執務室へ向かった。

「ハロルドから聞いたのだが……率直に言うよ。テオはアメリアと恋人関係になったのかね？」

やはりそのことか、とテオは姿勢を正す。いずれはバレると思っていた。一発二発は殴られる覚悟はできている。

けれど、城から追い出されたりしたら、どうしたらいいだろう？

自分には絶対にアメリアから離れないという確固たる意志があり、諦めるという選択肢は持っていない。それは執着だろう。自分は彼女しか見ていない。運命ゆえに作られた出会いだとしても、いずれ大罪を犯すことになったとしても、アメリアから離れることは考えられない。

(なら、俺の愛がまだ彼女に届いていなくても……)

――殺そう。

自分のいない間に儚くなる運命でも、俺が殺すとしても、他の男に目がいくのは耐えられない。

「……俺は本気です。最初からアメリア様しか見ていませんでした。彼女のためにこうして強くなりました」

「アメリアの〝呪い〟を知っていてもか？」

「はい。……俺が竜の呪いからアメリア様を守ってみせます」

『嘘をつけ。お前が元凶になるのだ。殺すために傍にいたいのだろう？』

楽しげにまた囁いてくる。その手に乗るものか。

「彼女に会えたことは俺の人生の中で、最大の喜びです。俺は自分の境遇に怨みがあります。けれど、アメリア様のお傍にいることで救われた気がするんです。今度は俺が彼女を救いたい……」

『矛盾だなぁ、お前。まあ、そう言っておけば、あの女の傍にいられるかもなぁ』

伯は椅子に深く座り、目を瞑りながらテオの告白を黙って聞いている。いつも落ち着き払った伯の態度は、娘が孤児の騎士と懇《ねんご》ろな関係になっても変わらなかった。

「……アメリア様に手を出してしまったことは、申し訳ないと思っております。でもわかってほしいんです。俺は本気です。身分とか財産とか、そういうの考えていませんし
――」

「わかっている」

伯は途中で話を遮り立ち上がると、ゆっくりとテオに向かって歩いてくる。

殴られる？　覚悟はしていた。

しかし、伯はテオの肩に手を置いただけだった。

「アメリアの気持ちも君の気持ちも知っていた。勿論、妻もだ。まあ、妻はできれば貴族の青年と一緒になってほしいらしいがね。いずれ二人が相思相愛になってもおかしくないだろう、とも思っていた。『テオなら安心できる』というのが私と妻の考えだ。二人が夫婦になれば、この城か、あるいは城の傍に屋敷でも建てて住めばいいとも考えていた」

「旦那様……」

信じられないという眼差しでテオは伯を見つめる。

「アメリアは生まれたときから胸に赤い痣を持っていた。私はあの子の運命を受け入れているつもりだ。娘の好きなようにさせようと思っている」

そういうことか、とテオは納得した。赤い痣を持って生まれなかったら、呪いを受けた女子として生まれなかったら、きっと伯爵令嬢として、自分のような身分の者との関係を許されることなどなかったはずだ。

「娘を、アメリアをよろしく頼む」

「はい」

テオは父親としての伯に簡単な返事しかできなかった。余計な言葉をかけられない。自分が〝呪い〟を発動させる引き金なのだから。

竜が笑う。

『前世と同じだ。まったくカートライトのご当主様は揃いも揃って人が好い』

(なんだって?)

突然だった。頭に浮かぶ光景にテオは息を呑む。生々しい、あまりにも現実感のある光景にテオの身体は揺れた。

あの顔は見たことがある。肖像画で。ああ、アメリアの大叔母だ。

殺したのか?　俺が?　いや、前世の俺が殺したんだ。

──どうして微笑んで殺されるんだ?

──どうして俺を愛してくれないんだ?

やめてくれ、そんなもの見せないでくれ。

『見せたいわけじゃない。あまりにも毎回同じような展開で、思い出してしまうのさ』

(毎回、そうだった……そうなんだ。また今回も……)

俺は、彼女に愛されない──未来永劫。

どろり、と泥沼のような気配がテオの身体を覆い包んだ。なのに不快さはない。

この感覚はよく知っている。懐かしくも腹立たしくて、哀しい、憎悪──。

「テオ!?　しっかりしなさい、大丈夫か？」

座り込んでしまったらしい。伯もしゃがんで心配そうに顔を覗き込んでくる。

「平気です。……ちょっとビックリしてしまって。まさか旦那様にお許しをいただけると思ってもみなかったものですから……」

テオの台詞に伯は目を見開き、そして笑った。

「テオは豪胆だと思っていたのだが、意外と臆病なのだな。私の了承に飛び跳ねて大喜びするかと思っていたのに」

「領主のお嬢様と男女の関係になって、その父親に呼び出されたら普通は震え上がりますよ」

「そうか、そうか。テオも普通の男だったんだな」

おかしそうに笑う伯を見て、思いがけず娘を取られた意趣返しができて楽しかったんだな、とテオは思う。伯につられ自分も笑みを浮かべる。

――上手く笑えただろうか？　ちょっと前の俺のように。

執務室を出るとハロルドが待ち構えていた。

姉とよく似た端整な顔が怒りで歪んでいる。父親の軽快な笑い声が扉ごしにこちらにも聞こえたのだろう。悟ったはずだ。父は自分の意見を聞かなかったと。

入れ替わりに執務室に入ろうとしたハロルドとすれ違ったときだ。

「僕は認めない。姉さんの傍にいることは許さないから」

そうテオに言い捨て、扉を閉めた。

「こちらの話など聞きたくないようだなぁ」

そう呟き、テオは石の床に敷かれた絨毯の上を歩く。向かう先はアメリアの寝室だ。

そっと音を立てずに入ると、幕を下ろしていない窓から月の光が部屋に差し込んでいた。

幻のような頼りない光を避けるようにして、彼女の眠る寝台がある。

今は夫人もライラも引き払っているようで、シンとした厳かな静寂が辺りを包んでいた。

テオは起こさないよう、足音に気をつけながら寝台に近づき、眠っているアメリアの顔を覗き込む。

アメリアは健やかな寝息を立てている。先ほどまで痛みに眉を寄せていた顔が穏やかになっているところを見るに、痛みは引いたらしい。テオはホッとする。

良かった、と思うのに彼女の首に手をかけた。

「まだ、だよ。竜《お前》の言う通りにするものか。彼女を愛して愛し尽くして、絶望を感じないうちに殺す。……そうして俺も今までの前世と同じように運命を共にするんだから」

誰ということもなく罵倒したい感情が噴き出てくる。テオは自然と口元を歪ませた。

「生まれ変わった俺に文句を言うな。俺の意志はお前の意志だろう？　もっと素直になれよ。何度も彼女の生を追いかけても呪いが成就されない理由、いい加減わかってるくせに」

泥のような気配に包まれたとき、自分の意識と竜の意識が同化したのだと悟った。

竜に自分の意識が取り込まれてしまう、そんな恐怖があり、必死に避けていた自分がおかしい。

何も変わらないじゃないか。ずっと前から自分の奥底に降り積もり隠していた黒い塵が鮮明に浮き上がっただけのこと。

お前は最初から俺の中にいたんだったな、魂の闇の部分に。

どうしてか清々しい。高揚感が満ち溢れて笑みがこぼれてしまう。

彼女に対して起きる邪悪な想いにとても惹かれる。自分の中の醜悪な感情にどっぷりと浸かっていたくなる。

眠るアメリアの頬を撫でる。数回撫でると、けぶるような睫毛と共に瞼がピクピクと動き、やがてゆっくりと開かれた。

　ぼんやりと自分を見つめ、自分の頬を撫でる指がテオのものだとわかると、はにかんだ笑みを浮かべた。

「テオ……。私、随分寝ていた？」

「そんなには。具合はどうです？」

「痛みは治まったみたい。……また夢を見たわ」

「先見の？」

「過去の夢みたい。……多分、私の前世だわ。近い前世だと思う。修道女の服を着ていて修道院で暮らしているの。……ずっとそこで暮らしていくんだと思っていたんだけど、十八の歳に、急に外へ出たくなって実家へ戻ったのよ。――それがカートライト城《ここ》だった」

「それから？」

「一室を与えられて、家族と一緒に暮らしていた。毎日がとても楽しくて、竜の洞窟へお弁当を持って出掛けたり、町へ買い物に行ったり……遅くに来た青春を謳歌してるようだった……それでね」

　アメリアは恥ずかしそうに目を逸らし、口ごもりながら小さい声で話し始めた。

「その、町でとてもいい出会いをして……その人と恋人関係になったのよ」

テオは頷く。きっとそれは俺だろうと思いながら。

「不思議よね。その彼、容姿が全然違うんだけどなんとなくテオに似ているの。……ああ、そうね。瞳の色がそっくりなんだわ。琥珀のようなところが」

「それがアメリアの前世なら、好みが変わってないんですね」

テオは笑いを漏らす。アメリアも笑うが、すぐに沈んだ表情に変わった。

「でもね、彼との仲は周囲には秘密にしてた……。それは彼じゃなくて私がそうお願いしていたみたい」

「どうしてでしょうね？」

「今までの私だったらわからなかったけれど、今はわかるわ……」

「どうしてだか、俺に教えてくれますか？」

テオは滑らかなアメリアの頬を撫でながらねだる。だが、アメリアは哀しげに目を伏せ、自分の頬を撫でる彼の指をそっと摑んで、唇を押し当てるだけだ。

こうやって、いつもはぐらかす。今も昔も。

そして自分はしつこく聞けない。いつもそうだ。彼女の思いを尊重してしまう。本心は酷く嫉妬深くて、身体が焼け焦げそうなのに。

「アメリアが寝込んでいる間に、旦那様に呼ばれました」

「えっ？　お父様に？　もしかしたら私とのことで？」

テオが頷くと、アメリアはわかりやすく青ざめ動揺した。掛布を思いっきり撥ね退け、鼻先がぶつかりそうなほどテオに近づく。

「殴られた？　それとも、どこか怪我でも？　いえ、もしかしたら『城から出ていけ』と言われた？」

頬を擦ったり、頭を撫でたりと忙しなく自分の身体に触れ、痣がないか調べるアメリアにテオは笑う。

「くすぐったいです。大丈夫でしたから。……旦那様は俺とアメリアのこと、許してくださいました」

「嘘……。本当に？」

驚いて目を大きく見開き、真っ直ぐに自分を見つめるアメリアを可愛いと思いながら、テオは大きく頷いた。

瞬間、アメリアが体当たりするように自分の胸に飛び込んでくる。そのまま二人で床に転がらないよう、しっかりと抱き締めた。

「勢い良すぎです」

「だって……嬉しくて……お父様が許してくださるなんて……」

顔を上げた自分を見つめるアメリアの目は、潤んでいてとても美しい。自分とのことを許されて心底嬉しいのだと思うと、誇らしい気持ちになる。

同時に、ならどうして自分に愛を囁かないのかとの疑問もある。

自分を想うどんな言葉より「愛してる」と告げてくれることが、どれほど自分に勇気と力を与えてくれるか――彼女は知らない。

（たった一言、言ってくれれば、俺は竜の呪いからだって貴女を守ってみせるのに）

己の命と引き換えにしてでも。

◆　◆　◆

今日もいい日よりだ。なのに、気分は浮上しない。

ハロルドは、昨夜再び父と言い争いをしてしまい、逃げるように執務室から出た。その後はまったく寝付けず、東の空が白み始めたのを窓から眺めて、それからそうっと城から出て馬駆けをしていた。

カートライトの次期当主という立場の彼には必ず護衛が付き、一人で外出するという機会はほぼない。それを考慮した伯はなるべく息子と同年代で、友人として付き合えるような者たちを護衛として選んでくれた。幼い頃から一緒にいるので、気心が知れた仲間とも言うべき彼らだが、今日は誰にも付き添ってほしくなかった。

テオに対する自分の危機感を話しても誰も信じてはくれないだろうし、「姉に対する気持ちを拗《こじ》らせている」としか思ってくれないことは目に見えている。

確かに姉のことは好きだ。けれどそれは、家族として信頼しているという意味での好意なのだ。家族として姉には幸せになってほしい。たとえ短い人生だとしても。

テオと両思いならそれでいいじゃないか、姉が幸せなら。そう思っていた、つい最近まで。

けれど、先の盗賊討伐で彼の戦いぶりを見て恐ろしくなった。

——あれは誰?

テオが躊躇なく人を斬りつけながら薄く笑っている。彼が騎士として体力と腕力に定評があるのは知っている。けれど、そのとき見せた力は尋常ではなかった。

——どうして皆、あれを見て普通に接していけるの？

文字通り人をなぎ倒し、剣を叩きつけるだけで相手は絶命する。馬をも怯ませる琥珀の眼色は獰猛《どうもう》な獣そのものだ。

初めてテオを恐れた。それ以前までテオはどこか変わっているとは思っていたが、あれが彼の本性なのかもしれない。

そう思ったら、落ち着かなくなった——同時に、いつも一緒にいる姉のことが心配になった。

姉の傍に置いてはいけない人だ。姉は気づいているのだろうか？　彼の本性に。

姉自身が彼を傍に置いているのなら、彼は信用に足りる人と思っていいのかも、という考えも頭の中を過るが、自分の中の何かが「違う」と首を横に振る。

それどころかはっきりと訴えてくる。

『あいつは姉を殺す者』だと。

それは現実となるだろう、と。

じわじわと身体から滲み出てくる恐怖は、臆病風に吹かれた結果ではない。〝先見〟だ。

そもそも、カートライト家の血筋に出る能力だというのに、一部の女性にしか発現しないという言い伝え自体がおかしい。これが血筋によるものなら、男性に出てもおかしくはないのだ。

ハロルドは確信した。だからこそ、自分も護衛につき、テオを姉に近づかせないようにしていた。

けれど、自分の努力もむなしく二人はより親密になり、そして父からも仲を認められてしまった。勿論父に抗議をしたが、受け入れてはもらえなかった。

(もう父上は姉さんのこと、諦めてしまっている。母上も……。テオを姉さんから引き離すだけで命が長らえるかも——ううん、呪いだって遠ざけることができるかもしれないのに)

誰にも信じてもらえないやるせなさに、ハロルドは身悶えするほど悔しかった。

「……違う、違うんだ、絶対に違う……!」

誰か信じて——。

ギュッと目を瞑り、手綱を握りしめる。

「危ないぞ!」

前方で声が上がり、ハロルドは慌てて馬を止める。

馬は嘶きながら、何度か跳ねるように地を踏んで止まった。

「よしよし、ごめん。無理をさせてしまった」

まだ荒々しい呼吸をしている馬の頬を撫でながら謝ると、声を掛けてきた相手を見つめる。

ウェルズリー伯デールだ。馬に乗った彼と危うくぶつかりそうになったらしい。

「前方を見ないで馬を走らせるのは、褒められたことじゃないな」

「すみません。こちらの不注意です。……だけど、うちの領地に入っている貴方にも問題があります」

ハロルドは素直に謝罪をしたが、相手の非も追及する。

気がつけば竜の洞窟の前だ。またここに来ていたのかと呆れる。

「陛下がカートライト領だとお認めになっているのはわかっている。……だが、割り切れん思いがあることもわかってほしい」

いつになく殊勝な面持ちで話されてハロルドは面食らう。もっと尊大な態度で喧嘩をふっかけてくるかと思っただけに、気が抜けてしまう。

「しかし、カートライト伯の息子ともあろう者が、朝早くから一人で馬駆けとは感心しないね。護衛がいるだろうに。彼らを置いて先に来てしまったのかね？」

「いえ、僕一人です」

その答えに、デールは眉を寄せながら首を傾げた。

「この周辺は比較的安全だ。つい最近盗賊討伐もしたと聞いている。まあ、それで安心して一人馬駆けをしたのだと察するが、それでも君はまだ若くて剣の腕も未熟だろう。流しの盗人などに出くわしたら危険だ」

「僕だってそれなりに剣を扱えます。遅れをとることはしません。その盗賊討伐にも参加しました」

「ほお、それは凄いな。父君に一人前だと認められたのだな」

感心したのか一オクターブ上がった声音で褒めてくれたデールに、ハロルドは悪い気はしなかった。

「そうだ、確かテオという、騎士を叙任《じょにん》された若者の活躍が凄かったと聞いている。私も何度か会ったが、そこまで強いとは思っていなかった。我が領地にもああいった騎士がいるといいのだが――」

「――あんなの、たいしたことありません」

テオの名前が出てきて、思わず言葉を遮ってしまった。己の無礼さにハロルドは顔を赤くした。

「も、申し訳ありません。若輩者の失敗として大目に見ていただければ幸いです」

「いやいや、うんうん。なるほど、君は先輩としての彼に嫉妬しているようだね」

デールがにやつきながら核心を突いてくる。

「いえ、そうじゃありません。……嫉妬なんかじゃないんです。ちょっと彼を疑っていて」

ここまで言ってハロルドは口を閉ざした。隣の領主に話すことじゃない、と。カートライト家の内情を話すのと同じだ。下手に口に出せば相手にとって弱点を摑むいい機会になってしまう。

そんなハロルドの心中に気づいたのか、デールは「はは」と快活に笑った。そんな笑い方のできる人物とは思っていなかったので、ハロルドは目を見張る。

「心配することはない。君は、うっかりカートライト家の秘密を喋るかもと案じてるんだろう？　個人的な相談や愚痴などは、互いの領地経営に関係ないじゃないか」

「で、でも……」

「私も君のような年若い少年と接する機会なんてなくてね。残念ながら、私は男児に恵まれなかったから。……生まれてくるはずだった子はいたがね。無事に生まれて育っていれば今頃は君と親友になっていたかもしれない」

「そうでしたか、御子が。存じませんでした」

悄然《しょうぜん》としているデールを見てハロルドも頭を垂れる。デールは髭をわざとらしく擦ると、ハロルドに申し訳なさそうに笑いかける。

「そう思うと、君とこうして出逢ったことは偶然じゃない気がするのだ。どうだろう、父君に話しづらいことでも、他人の私になら気軽に話せる愚痴もあろう？　ここで話してスッキリして城に戻ったらどうだ？」

デールの言うことも、もっともだ。それに、自分のこの巫女《シビラ》としての感覚を身内の誰もわかってくれなかった。誰かに話して信じてほしい、理解してほしいという思いがくすぶっている。

それに、デールとこうして一対一で話してみれば、挙動不審ですぐに激高するという噂とはかけ離れている。気さくでとても話しやすく、また心に痛みを抱えていて寂しいのだとわかる。

「朝露も乾いてくる頃だ。馬から下りて座って話そう。飲み物だってちゃんと持参してる」

と、デールが葡萄酒の入った革袋を出してきたので、喉がこくりと鳴る。喉も渇いていた。

ハロルドも下馬し、ありがたく葡萄酒を飲み、胸に詰まった不満を彼に話した。

そのほとんどがテオに対するもので、言葉にしていくうちに疑念は確証に変わっていく。

デールはそれを見透かすような笑みを浮かべていた。

「テオは近いうちに姉を滅ぼす、そんな気がするんです。いえ、彼こそ〝竜の呪い〟なんです。きっと中身はもうテオじゃない。テオの身体を被った〝誰か〟なんです」

「……中身は呪いをかけた〝竜〟だと言いたいのかね？」

デールの言葉にハロルドは躊躇う。

「いえ、そこまでは考えていません。僕は彼の中にいる別人格とか、何かの怨霊？　かなあと。だって……〝竜〟なんてあまりにもお伽話すぎませんか？」

「そうだなあ」とデールは顎髭を撫でる。

「君の言っていることもなかなか現実的ではないが……」

そう言われてハロルドはあからさまにガッカリした。やはり、精神的な感覚はなかなか信じてはもらえない。だがデールは、やたら生真面目な顔をして続けた。

「けれど、別な意味で君がテオという若者を危険視しているのはわかる」

「ウェルズリー伯は、僕の話から今の状況を、どう捉えたんでしょうか？」

「君の危惧している問題は姉君が絡んでいるから、正体が摑めなくなっているのではないかね？」

「……姉と彼との問題ではないと言うんですか？」

ハロルドの問いにデールは頷く。

「君はこのカートライト領を受け継ぐ者だ。後継者として見て、あの若者を〝領地を荒らす者〟だと思っているのではないかね？　その危機感と姉君への危惧が重なってしまっているように感じたよ」

デールの言葉はハロルドに衝撃を与えた。胸が騒ぐ。大きく心臓が脈打ち、血が逆流しているかのように激しく身体の中がうねる。

「……そうかも、しれません。僕は彼のあの力が驚異で……恐ろしいんだ」

もしかしたら、いずれ姉の夫としてカートライト領で実権を握り、姉が亡くなっても居続けて、いずれこの領地を奪う気なのか——と。

今だってテオは父と母、そして城に住む人々の信頼を得ていて、頼りにされている。姉は今年で十八。呪いで亡くなる前に二人は結婚するだろう。そして姉が死んだとしても、テオには〝カートライト家の人間〟という立場が残る。

つまり〝血の繋がらないカートライト家の跡継ぎ〟が誕生する。

「いや、でも、テオに跡を継がせるなんてこと、いくら人の好い父上だってしないでしょうし……」

「わからんよ？　父君が君より優秀だと感じていればそうなるだろうし。既に姉君のお腹の中には子供がいるかもしれない。そうしたら——」

「不埒《ふらち》な想像はやめてください！」

思わず声を張り上げてしまった。

「わかってますよ、そんなことくらい！　姉がテオともうそういう関係だってこと。でも、でも……そんな跡目争いになるようなこと……姉が目論《もくろ》むとは考えられない！」

「何度か会ったが彼女は聡い。それはよくわかるよ。しかし、恋は盲目だ。もし、その青年に色々吹き込まれていたらどうだろう？　惚れた弱みで彼の言う通りにするかもしれない。いや、もしかしたら先ほど話してくれた彼の尋常じゃない力に屈して、されるがままでいるのかもしれない」

「そんな……そんな……こと」

姉に限ってそんなことはない。

テオだって、ちゃんとカートライト家に義理や恩を抱いているはずだ。

――だけど、本当にウェルズリー伯の言う通りだったら？

(だって、テオはおかしい。おかしいのに今まで気づかなかった。誰も)

そうだ、孤児院に引き取られたときの曖昧な出自も、引き取られた経緯も、本来なら姉の護衛に取り立てられるようなものじゃない。

ただ、己の能力と研鑽《けんさん》でここまできたというのなら誇るべきことだが、だけど、小さい頃から姉の後ろをついて回っていた彼は元々、姉を自分のものにしてこの領地を奪うつもりだったのではないか？

「姉は最初からテオの手の内にあって、いや、早死にすると知っていたから姉を出世の足がかりにして、いずれはカートライト領を手中に収めるつもりだったのか……？」

「しっかりしなさい、まだ間に合う」

動揺してブツブツ呟き出したハロルドの肩を、デールは心配そうに揺さぶる。

「間に合うって……？」

「とにかく、姉君と若者を引き離してみるといい」

デールの意見にハロルドは肩を落とす。

「そんなこと、できたらとっくにやっています。家族はテオを受け入れているし、無理矢理引き離して追い出そうとしても、彼の武力に敵いません」

「しかし、このままだと君の姉君は〝竜の呪い〟の言い伝えに則って、十八歳のうちに彼に殺されてしまう……そう感じているのだろう？」

デールの言葉にハロルドは頷く。その危険な感覚は未だにある。

「なら、何はともあれ、やってみたらいい。実行して亡くならなかったら君の予感は当たっていたことになる。そうしたら父君や母君だって目を覚ましてくれるだろう」

「でも、どうしたら……」

「私に考えがある。こうしたらどうだろう――」

デールがハロルドに耳打ちする。

一言一句聞き漏らさないよう真剣に耳を傾けるハロルドを見て、デールは見下した冷ややかな笑みを浮かべていた。

◆　◆　◆

（また夢……）

アメリアは巫女《シビラ》の力が目覚めてからも、頻繁に〝例の夢〟を見ていた。

それも、夜を重ねるごとに長く鮮明になっていく。まるで自分が生まれて今に至るまでのことを眺めるように。

古い時代の衣装を身に纏っている自分が、大きな、牛よりも大きな獣と寄り添っている。獣といっても体毛がなく、硬そうな鱗に覆われた爬虫類のような姿だ。薄い皮膜のついた翼を持っているが、飛ぶかどうかはわからない。

大抵それは自分に寄り添っていて、恍惚とした風情で目を瞑っているから。

そして自分も、愛しげに獣の頭や顎を撫でている。

ある日、その獣が人の姿を取るようになった。私は自分のためにここまでしてくれた彼の愛を受け入れた。その人の姿をした彼は――テオに似ている。

いや、似ているといっても細かい部分を見たらそれほどでもない。けれど雰囲気や仕草が重なるのだ。瞳に至ってはまったく同じだ。古代からの生を閉じ込めたような深い黄褐色。日差しの中で彼を見つめると、琥珀のように輝いて見えた。

互いに互いを愛し、夢中だった。

そう、遥か昔。今は姿を見せなくなった古代の生物たちや、お伽話の中でしか見られなくなった妖精たちや化け物《モンスター》がいた頃で、異類婚姻が存在した時代だ。

私と竜は婚姻を結び、同時に竜は自分とこの領地を護るものとなったのだ。

土地の者たちはこの婚姻を歓迎して、祝福してくれた。

以来この地は、竜に護られた王国として平和に暮らしていたのだ。

そう思っていたのに——侵略者によって、それが崩れた。

そこから一気に、過去視であろう光景が流れていく。

——見たいのに。まだ見てはいけないということ？　それとも私の潜在意識が拒絶しているの？

見られないところに真実があるように思えるのに、それらは無情にも流れてしまう。

目の前の光景が変わり、またあの場面になる。

ラベンダーが血に染まっていく。胸が痛い。彼の鋭い竜の爪で胸を貫かれている。

痛いから泣いていたんじゃない。泣いたのは、自分が犯した罪ゆえ。愛する彼を自らの手で殺めた罪。

——けれど、こうするしかなかったのよ。

貴方は私の愛した貴方に戻らない、このままでは。貴方は殺戮《さつりく》に目覚めてしまった。これからたくさんの罪のない者たちを殺め続け、ここは破壊と狂乱と絶望の地になってしまう。

私のためにしたことは決して、貴方のためにはならなかった。

私はこの土地の王の娘であり、未来を予見する巫女《シビラ》。

貴方を夫にした罪を背負わなくてはならないの。

——愛しているから。

『血の涙を流し、言の葉として念《おも》いを籠める。後悔してもしきれぬほどの多くの死を、愛の代わりに受けるがいい。幾度も、幾度も、魂が生まれ変わりを拒絶するまで。呪言は魂を蝕み続ける。それが変わることなど、永久にないだろう』

『何度も生まれ変わるわ。そして、何度でも、貴方に殺されましょう。変貌する前の貴方の魂に戻るまで』

——わかってほしいの。

何を？　何をわかってほしいの？

――彼を愛しているの。だからこそ、なの。

伝えたいの？　『愛している』と。

彼女は頬を染めて恥じらう。彼女がどんな性格なのか、アメリアにはなんとなくわかった。

言葉もなく竜に寄り添っていた彼女は、言葉よりも温もりや触れ合いを大切にしていた人だった。

かなりの口下手な人。感覚重視でお喋りが得意じゃない人。そして、とても恥ずかしがり屋。

――でも、それでは駄目なの。わかっているの。

彼女は寂しそうに笑うと、踵を返して離れていく。

「待って」

手を伸ばして追いかける。けれど彼女に追いつけない。

「――っ！」

跳ね起きて気づいた。辺りは薄闇で、ほの暗いランプの灯りが寝台周辺をうっすらと照らしている。

勢い良く起きたから、隣で寝ているテオも起こしてしまったのではと視線を向けると、彼は背中を向け健やかな寝息を立てていた。

数刻前、真夜中にそっと忍び込んできたテオを受け入れた。

肌の重ね合いはまだ未熟で、二人とも手探りの状態だ。それでも一つになれる互いの不可思議な身体の作りと、相手に触れて得られる快感は底知れない魅力だ。時間さえあれば何度でも交わっていたいという欲求が湧く。

（……これってさかってるっていうのよね？）

先ほどまでの交わりを思い出して、アメリアは顔を赤くした。

何度も身体の中に抜き差しされる彼の熱棒は、アメリアを幾度も絶頂に導く。そのたびに泣いたり喚いたりする自分は、テオに醜態しか見せていない気がする。なのに、彼はそんな自分を見て琥珀色の瞳を潤ませ、うっとりと見つめてくる。

「可愛い、アメリア」と何度も優しく囁かれ、彼の下半身は獣になって荒々しく自分の中を弄ぶ。繋がった部分はみだりがわしい音を立てて、潤滑油をこぼし敷布を汚しているのに、それが聴覚を刺激して更なる高みへ連れていかれる。

二人同時に果てた、そのときの充足感と多幸感は言葉にならない。

（テオ……好きよ。愛してる）

言葉に乗せられない愛の言葉を心の中で囁きながら、彼の背中を眺める。

（――あら？）

初めて何も着ていない彼の背中を見て、変わった痣に気づいた。ちょうど心臓の裏側にあたる部分に、直線状の紫色の痣があるのだ。

（まるで刃物が刺さった跡のような……）

そう思った途端、ゾッと背中が怖気立った。

自分が彼に馬乗りになり、真正面から剣を突き刺した遠い前世の夢。その夢で、剣は深く深く突き刺さり、胸を貫通していなかったか？

この痣に触れたかったが、恐ろしさもあって触れることを躊躇う。

触ってはいけない、触ったらわかってしまう。テオが何者なのか。いや、触れなくてもわかる。この痣を確認した瞬間からテオの正体も、彼の現世での出自もアメリアは理解してしまった。

ばくばくと胸が早鐘《はやがね》を打って痛いほどだ。冷や汗も出てきて、手の甲で汗を拭う。

今までもなんとなく、彼が私の生に関わっていく人だと思っていた。

（ああ……だから彼に殺されるという先見をしたんだわ）

彼を愛したのは必然だった。

――なら、テオは？

（竜の生まれ変わりで、私を恨んで転生を続けたのなら……私を愛しているはず、ない……）

今度は身体中の力が抜けたようになり、ころんと寝台に倒れてしまった。

（演技？　なの？　ううん、そんな……だって、テオは……待って。その前に彼は、自分が竜の生まれ変わりで〝竜の呪い〟を果たすために生を受けたことを知っているの？）

訳がわからなくなってきた。

けれど、彼が自分に向ける愛は偽物かもしれないと思うと、涙が止まらなくなる。

なんて勝手なんだろう。アメリアは目を擦りながら自分を叱咤する。

自分はいずれ彼の前からいなくなる。だから愛を告げることができないなんて悲劇のヒロインぶっていたくせに。

こうして真実を知り、『テオは自分を愛していない。言葉だけで自分を誑かしていたのでは』と思っただけで、力が抜けて泣くほどショックを受けているなんて。

これでは、ただ愛されていると思い込んで調子に乗っていた女のようではないか。

泣き声を上げたら駄目だ、彼が起きてしまう。「どうして泣いているんです？」と問われてしまう。そうしたら、なんて答えたらいいのかわからない。

（ここで声を上げて泣いたら――殺される？）

　ふとそう思ったが、これは思っただけで先見ではない。自分がいつ、どこで殺されるのかはわからない。そこまで視えていない、まだ。

　アメリアは瞼を閉じる。こうした精神状態で先見ができるのかはわからないし、普段は自分の意思に関係なく突然視えるので当てにはならないが、視たかった。

　どうか、視えますように、と願っていると、瞼の裏に誰かが見えてきた。

（あれは……どこかで見たような……）

　光を編み込んだような金髪は、自分のそれとよく似ている。それに青い瞳と目鼻立ちは曾祖母に似ていた。彼女のいる部屋も見覚えがあって、そこで「あっ」と思い出した。

（大叔母様だわ！　シーラ大叔母様！）

　彼女は持っていた本を執務机の引き出しの中に入れると、鍵を掛けた。それからその鍵を壁に掛かっている風景画の裏に入れてしまう。

　――きっと、未来の私が見つけてくれるでしょう。これは先見です。

　そう、はっきりと呟いたのだ。

　未来の、私。

それが自分のことだと悟り、アメリアはゆっくりと、寝ているテオに気を遣いながら寝台から下りる。

何度も振り返り彼が寝ていることを確認しながら、ソッと部屋を出た。

通路の壁に掛けられたランプを一つ手に取り、アメリアは大叔母の部屋へと向かう。

シーラ大叔母の部屋は亡くなった後も、遺言でそのままの状態で残してある。たまに部屋の空気を入れ換えたり掃除をしたりで入室する以外は、誰も使用していない。

遺言の内容にアメリアは首を傾げたものだが、ようやく理解した。

(そうだ、部屋の鍵)

失念していた。鍵は父の書斎にあったはずだが、そこもきっと鍵が掛かっているだろう。

「あー……」と先走ったことを後悔したが、大叔母の部屋のすぐ傍まで来て引き返すのも勿体ないとばかりに、期待半分諦め半分で扉のノブを回す。

カチャリ、という音が廊下に響く。アメリアはギョッと肩を竦めつつ、周囲を見回した。真夜中だと扉を開けるだけでもこんなに響くものなのか、とヒヤヒヤしながら滑るように部屋に入った。

掃除をして鍵を掛け忘れたのだろう。運が良かったとホッとするものの、これだけ音が響くのなら、自分の部屋に入ってきたテオの扉の音も家族に丸聞こえだったのでは？　と頬を熱くする。

　頬を撫でながら、ランプのほの暗い灯りで大叔母の部屋を眺める。ずっと修道院で育ち十八歳のときに城に戻ってきた大叔母の部屋は、とてもこぢんまりとしている。

　けれど当時の最先端の調度品が置かれ、窓も大きく露台もついていて、帰ってきた娘への曾祖父の愛情が伝わってくる内装だ。

　ランプを片手に風景画の前まで行く。片手ほどの小さなものだ。アメリアはランプを床に置くと、風景画を壁から外して裏板を外した。金属音を立てて床に落ちた鍵を拾う。視たものと寸分変わらないが、時が経ったせいか少々錆び付いていた。

　アメリアは鍵を持って、執務机の前へ急ぐ。

「錆び付いてるけれど、鍵は回るかしら？」

　差し込んで回すと、今まで何度か開けたのでは？　と勘ぐるくらいにスムーズに開いた。

　そこには確かに大叔母が胸に抱いていた本——日記帳が入っていた。

　アメリアは執務机にランプを置くと、その灯りの中、日記帳を広げる。

　日記は、この城に戻ってきた日から始まっていた。

　物心ついた頃からずっと修道院という箱の中で育ち、そこで先見をしていた大叔母シーラ。

「神の御許で生活していればきっと」という両親の願いもむなしく、カートライト領に咲くラベンダーが赤く染まってしまう。

哀しみに暮れた両親だったが、シーラは冷静に運命を受け入れていたようだ。最後の我が儘として修道院を出て家族と暮らしたいと申し出て、それが叶ったことの方が嬉しかったようだ。家族と一緒に食事を摂ったことや、流行の服を着て感動したことなどが綴られている。

家族との日常生活を楽しんでいた大叔母の日記には、ある日を境に恋に染まった文章が綴られていく。

きっかけは町で会った青年との出逢い。

名前は消されていた。パラパラとめくってみるが、名前の部分は全て黒く塗りつぶしてある。大叔母がまとめて消したのか。

彼は『カートライト領に流れ着いた民』であり、『吟遊詩人』だという。大人の魅力に溢れた低い声で自作の歌を路上で歌い、日々の稼ぎを得ていた。彼の歌はとても素晴らしく、男女問わず立ち止まり聴き入っていたという。

彼女は歌を聴いて感激し、彼に話しかけ——一気に親しくなった。

彼も大叔母のことを愛したが、領主の娘と流しの吟遊詩人だ。公然と付き合うことはできず、当然秘密の恋となる。

　彼と相思相愛となった喜びを、逢瀬を繰り返すたびにこの日記に事細かく書いて、愛というものを経験できた幸せに感謝している。

　同時に、哀しみと後悔も。

『私は十八のうちに死ぬというのに、彼を愛し、彼も受け入れてくれた。彼を残していくのが辛い』と、一日の最後に必ず書かれている。

　また親にこの恋を伝えるべきかと悩んでいたが、それは彼が反対していたらしい。

『最後の最後まで、いいえ、死しても共にいる』と言われ、大叔母は嬉しい反面、彼の情熱が哀しかったようだ。

『「共に生きて共に死ぬ」――それは最上の美しい愛し方のように聞こえるが、確実に残り少ない命だと知る者が、相手に〝死〟を求めることがどれほど罪深いものなのか、今の私にはよくわかる』

『だから、私は彼にこれからも〝愛〟を告げない。そうすれば、彼は私の愛を不実だと思うだろう。私と共に死ぬと言わなくなるはずだ』

　ここまで読んでアメリアは泣きたくなった。過去の私であった大叔母も、今と同じ考えでいたのだ。

不実だと、死ぬ前に擬似恋愛を経験したかっただけだと思われてもいい。自分の死後も彼に生き続けてほしい。切実にそう思ったのだ。

『彼は〝愛〟の言葉を欲しがる。それはもはや執念とも言えるほどに。けれど、私は囁けない。濁した言葉を述べるだけ。それがとても苦しい』

「そうよ、私もそうよ。彼もそうなの……。生まれ変わっても全然、変わらないのね……」

きっと大叔母も内心では、死んでも彼を誰にも渡したくはなかったはずだ。一緒に生を終えてほしかったはずだ。

「だって……私、そう思っているもの……」

涙が溢れ、頬を伝う。アメリアはそれを手の甲で拭いながらページをめくっていく。

最初は恋に、次いで相思相愛の日々に浮かれていた文章は、それから切なく沈んだものへ変わっていく。

愛すれば愛するほど彼も大叔母を愛し、その想いは情を帯びて城に忍び込むまでになっていた。

石造りの城の外壁をよじ登り、大叔母の部屋の中へ入って、まぐわい、二人で愛と哀しみを深くしていく。

今の人生と、ほぼ同じ愛し方をしている彼女の日記を読んでアメリアは悟る。

——大叔母だったときだけじゃない、と。

「私は、ずっと同じ愛し方を繰り返しているんだわ……」

これでは〝呪い〟ではないか。

いや、これこそが〝竜の呪い〟ではないだろうか？

「ああ……でも、前世の私であるシーラ大叔母様が『未来の私へ』と魂に刻んで、この日記を残した。きっと言いたいことがあるはずなのよ。それを思い出さないと」

いつもいつも、肝心なところを思い出せない。潜在的に思い出すのを拒んでいるのか、他に理由があるのか、アメリア本人でさえわからない。

最後の一ページを読んで、アメリアの手は震えた。

『私は明日、死ぬ。でも構わない、私はこうして転生を繰り返してきた』

そこで終わっていた。

確か父から聞いた話によれば、大叔母は自殺だった。

「でも、自死を先見したのなら、自分が『自殺なんかしない』って決めれば回避できるわよね？　先見を現実にするために自ら命を絶ったというの？」

考えてみる。日記を読むと今と一番近い前世である大叔母の性格は、自分とよく似ている。

自分だったら自死など選ばない。絶望的でも家族がいる。そして今はテオがいる。決して己の命を無駄にしようとは思わない。

「おかしいわ……」

この日記は最後まで語られていない。

アメリアは手で顔を覆い、考えてみる。『未来の私』に残したくて魂に刻んだメッセージがあるはずだ。

（……思い出して、お願い。私の中にある念いを甦らせて）

懸命に念じる。すると、フッと脳裏に浮かんだ光景があった。

別の用紙に何か書いている。そして——。

「日記の見返し部分……そうだわ」

裏表紙と見返しの間に紙を挟んで、貼り付けていた。

見てみると、ほんの僅かに凹凸がある。

ペーパーナイフで糊付け部分を剝がす。見返し紙を開けるとやはり一枚挟んであった。

手に取って読んでみてアメリアは「ああ……」と項垂《うなだ》れた。

「そうなのね……思い出したわ……なんていうことなの……」

——誤解が生じていた。私にも彼にも。

「違う……。私が、私が悪いんだわ。恋に酔いしれて、ちゃんと相手を見ていなかった……ずっとずっと、こんなこと繰り返して……。シーラ、これだけわかっていたのに、どうして貴女は呪いを止めなかったの？」

——いえ、止めようとしたはずだわ。だって過去の私だもの。

「でも、できなかったのね……だから、せめて彼の罪にならないようにしたのね……？」

アメリアは紙を握りしめ、咽び泣き続けた。

第六章

今年の夏は過ごしやすいな、とテオは空を見上げる。今日はあいにくの天気で厚い雲が覆っていた。陽がないせいか、少し肌寒くさえ感じる。

『厳冬になり、冷害が起きる』というアメリアの先見が当たりそうな気候だ。きっと夏本番の月になっても、例年のような気温にはならないだろう。

そう思いながら布を首に巻きつつ、指定された場所へ向かう。

早朝に、珍しくハロルドが訓練にやってきた。彼は専属の教官に指南してもらうため、普段は朝食後に訓練にやってくる。なので、こうして早朝にやってくることはあまりない。

「手合わせを」と望まれて、軽く木剣を合わせる。木のぶつかる軽い音が響く中、ハロルドが話しかけてきた。

「姉のことで話があるんだ。昼食後に裏門に来て」

正直、鬱陶《うっとう》しいと思う。今まで、こうもしつこく物言いをつけてくる者はいなかった。彼女の両親も親戚も皆、彼女の運命を受け入れて口を挟まず、好きにさせていたから。

今世は今までと違うかもしれない——そんな予感が、テオの中で膨らんでいく。

それは何かを期待してもいいものなのでは、とも。

アメリアが転生を諦めるのか、それともずっと胸に溜まっている言いようのない〝執着〟に終わりが来るのか。

テオは「わからない」というように首を横に振った。

裏門に着く。朝は業者が出入りして賑わうこの場所も、今の時間になるとひっそりとして人っ子一人いない。

「ハロルド様、いらっしゃいませんか？」

声を掛けると、木陰からヌッとハロルドが出てきてテオに近づく。テオは軽く頭を下げた。

「何のご用でしょうか？」

言いたいことは既にわかっているけれど、臣下の常として尋ねる。

「テオ、正直に答えてほしい。ちゃんと答えてくれれば、悪いようにはしない」

「何をでしょうか？」

ハロルドは両手の拳を握りしめ、自分より背の高いテオを見上げる。

「テオは最近おかしい。何があったのか答えてほしいんだ」

「……『おかしい』と言われても、どこがどうおかしいのか自分ではよくわかりません。ハロルド様の方から俺のどこがおかしくなったのか、教えてほしいくらいですよ」

テオはそうおどけてみせる。

「僕がこう言うと、テオは以前の様子に戻るけれど、わざわざ作ってるよね。〝以前の自分〟を。違うんだ。まず、持っていた雰囲気が変わってしまった。そして笑い顔も。今はすごく卑屈に笑う。それと、以前より力が増しているでしょう？」

「そうですか？」

雰囲気や表情についてはともかく、力についての指摘には、テオも驚いた。竜の意識と同化したときに、確かに力が増幅された。だから朝の訓練のときは、相当に力を抑えて剣を振るっていた。朝、少し手合わせをしただけでわかってしまったのか？

テオは衝撃を隠し、ハロルドに感心した、という表情を見せた。

「俺自身、よくわかりませんでした。ハロルド様はよく気づかれた」

「おだてるの、やめて。そういう態度だって、わざとらしくて見え見えなんだよ。以前のテオはもっと素直に喜怒哀楽を出していて、裏表がなかった。周囲を明るくさせるような笑い方だった。今は違う人が演技して昔のテオの真似をしているように感じる」

　そこまで言って、ハロルドはテオを指さした。

「君は誰なの？　ううん、誰がテオの身体を乗っ取ったの？」

「乗っ取ったって……ハロルド様、酷いですよ。ただ、旦那様からお聞きになっていると思いますが、アメリア様との仲が認められたので、それで俺も大人になろうと思ったんです。だから今までと雰囲気が変わって当たり前なんです。意識してやっているのですから」

「誰かに乗っ取られたとしか思えないんだ。そう、例えばカートライト家に呪いをかけている〝竜〟とか」

「ハロルド様……？　それはいったい？」

　意外だった。ハロルドの方がアメリアより先に違和感に気づき、正体まで見抜いているなんて。

「……それに盗賊討伐のとき、〝人〟ではあれほどの力は出せないし、睨んで馬や人を怯えさせるなんてことできない。あのときのテオは人でなくて……そう何か、血に飢えた猛獣だった。……正直、テオが僕の護衛をしてさえいなければ、気づくことはなかったと思う」

ハロルドは悔しさと哀しさが入り混じったような顔をした。それに気づいた優越感や奢りなど一切見られない。

まるで『どうして気づいてしまったんだろう』と悔いているかのようだ。

そうだ、自分が城《ここ》に来たときハロルドはまだ小さな幼子で、それからずっと見守ってきた。兄のように慕ってくれたハロルドを、自分だって弟のように可愛がってきたはずだ。

彼の痛いほどの思いに気づき、いっそ自分が竜であることを打ち明けたくなったテオだったが、中の自分が「やめろ」と引き止める。

ハロルドは苦々しい表情のまま、話を続ける。

「このままこの城に、ううん、姉さんの傍にテオがいたら……きっと竜の呪いの通りになる。姉さんは愛した人に殺される。そんなの、見過ごせない」

「アメリア様が俺を愛してる……？」

意外なテオの反応に、ハロルドは眉を寄せた。

「何言ってるんだ、君は？　見ればわかるじゃないか」

「俺は、彼女にいつもはぐらかされている」

そう告げたテオは酷くやるせなくなる。

一方ハロルドは、同情と同時に憤りを覚える。

(姉さんも呪いに振り回されて、きっと一番近い男を恋人に選んだんだ。死ぬ前に手近な男と恋をしようということか。なんて不実な)

「もう人が変わったテオとか、どうでもいい。父が二人の本当の関係を知る前に出ていってほしい」

「旦那様はハロルド様よりずっと大人です。男女の間にある機微を理解しているでしょう」

「僕は、そんな姉さんを見たくない」

きっぱりと言ったハロルドに、テオはうっすらと笑う。

「純粋な子供ですよね、ハロルド様は」

小馬鹿にした言い方にハロルドは頭に血が上った。憤然として腰に下げた剣を抜く。

それが合図だったのか、わらわらと男たちが剣を携えていずこからともなく出てきた。

テオはざっと見回す。数は十人ほどでハロルドの護衛たちもいた。ただ、残りの男たちは見慣れない顔であることに気づき、眉をひそめた。

「ハロルド様、護衛の者以外の男たちは――」

「ハロルド！　やめなさい！」

金髪を大きく揺らしながら声を張り上げてこちらに向かってくるアメリアに、皆一斉に視線を向ける。

　そうしてテオを庇うように立ちはだかると、荒い息のまま弟を叱る。

「城の庭で乱闘を起こすつもりなの？　訓練以外での荒事は禁じられているでしょう？　厳重注意だけでは済まないわよ」

「これは姉さんのため、ひいてはカートライト家のためでもあるし。……それに、もしかしたら〝竜の呪い〟が解けるかもしれないんです」

「何を言っているの？　テオをどうにかしたら、竜の呪いが解けるとでも思っているの？」

「姉さんは恋に浮かれて、テオの正体がわからないんだ！　僕だって巫女《シビラ》の力を持って生まれてきた。何が災いなのかだってわかる！　――テオこそ、カートライト家の女性を蝕んできた竜なんだ！」

　剣先でテオを指し示しながら宣言したハロルドを見て、アメリアは顔色を変える。

「ハロルド……貴方、いつからそんな能力を？」

「ずっと前からだよ。でも、言えなかった。だって姉さんだけでなく僕も巫女の力を持っているって話したら、母上が哀しむでしょう？　……というか、姉さんは知ってたんだ、テオのこと。知ってて黙ってたんだ？　テオの正体を」

剣呑《けんのん》な雰囲気が漂ってくる。剣を持った男たちは、その間にもジリジリと間合いを詰めてきていた。剣を抜いたら一斉に襲いかかってくる。テオは剣柄を握りしめ、抜けないままアメリアの背後で護られていた。

「待って、ちゃんと知ったのは昨夜なのよ」

「言い訳は後で聞く。とにかくテオから離れてよ。でないと無理矢理引きはがすよ」

「やめて。お父様を交えて話し合いましょう。すぐに呼んできて」

アメリアはハロルドの護衛の一人にそう告げるも、護衛の方も困惑した顔でハロルドからの指示を待つ。全く動こうとしない護衛に、アメリアは苛立ちを隠さずに問いただした。

「ハロルドの護衛以外は皆、知らない顔だけど、どこから雇ったの？　カートライトの私兵団にはいない顔だし、この辺りに住んでいる者の顔でもないわ」

「それは……」

ハロルドが視線を逸らしながら言葉を濁したときだった。テオが抜剣し、アメリアを後ろから抱き込むようにして首元に刃を向ける。

この状況で先手を打たれたことに、護衛を含む兵士らは尻込みをし始めた。

「かかってきてみろ。その前に彼女は死ぬことになる」

「やめろ！　テオ！　姉さんを放せ！」

「近づけば〝竜の呪い〟通りに彼女は死んで、ハロルド様の見立て通りに俺は〝竜〟とやらに取り憑かれた者になる。貴方の思い通りになりますね、ハロルド様」

そう言いながらテオは、アメリアの首に刃を向けながら二人、裏門の方へとゆっくりと歩いていく。

「違う……違う！　そんなつもりじゃない。僕はテオだけカートライト領から出ていってほしいだけだ！」

「お望み通り、去りましょう。けれど、去った後、自分がしでかしたことの罪に向き合わなくてはなりませんよ、ハロルド様」

ハロルドに向かってテオはニヤリと唇を歪める。その笑みは何もかもお見通しとでも言いたげで、ハロルドはこれから起きるであろうことに身体を強張らせた。

ようやく気づいたのだ。自分が取り返しのつかない罪を犯したことに。

テオは裏門の扉を開けると、アメリアを抱えて素早く外へ駆ける。

「待て！」「逃げるな！」という声を背にそのまま城から逃げ出した。

アメリアはテオに刃を突き付けられる前、「どうかジッとしてて」と耳打ちされていた。

そこで自分を盾にして逃げる算段だと気づいた。さすがにテオ一人では、あそこにいた男たち全員を相手にできないだろうと思ったからだ。

けれど、本当は全て倒せたのではないかと、今のテオを見て考えを改める。

――今、自分を抱きかかえて走る者は、本当に人間なのだろうか？

まず、走る速度が人のそれじゃない。まるで駿馬のように足が速い。なのに、つまずくこともなく、木々などの障害物にぶつかることもなく、むしろ華麗に避けて走っていく。

『テオこそ、カートライト家の女性を蝕んできた竜なんだ』

ハロルドの言葉を嚙み締める。そう、自分だってテオは何者なのかという疑問を、ずっと持っていた。

どうしてこうも彼に惹かれるのか。どうして異常だと思うほど彼の瞳が好きなのか。どうして何も疑問に思わず彼を愛するのか。

全て、古い前世から絡められた運命の糸による引力のせいだ――それを知ったのも、何もかも腑に落ちたのも、シーラだったとき書いた日記の切れ端を読んで、全てを思い出したから。

「テオ、テオ」

アメリアは彼の肩にしがみつく。

「雨が降ってきた。竜の住処に行きましょう」

「……駄目、戻って。戻ってお父様に知らせないと」

アメリアは彼の首元に顔を寄せてそう懇願するが、テオは足を止めるも、踵を返して城に戻ることはしなかった。

「今は無理です。とにかくアメリアだけでも城から遠ざけたい」

「でも、でも……！　このままだと城が攻められてしまう！　お母様やライラや、城の皆が……！　ハロルドも！」

「あれを見てください」

足の速度を落として、テオは顎をしゃくりながらある方角を指す。

雨の中、多くの黒い影が、空の灰色に埋もれている青緑の畑を踏みながら進んでいく。目指している方角はカートライト城――。

重苦しく歩を進める様は、まるで死神たちの行進のようにアメリアには見えた。

「ハロルド様の護衛以外、皆知らない顔でした。アメリア様の言う通り、カートライト家の私兵団でもありません。おそらくハロルド様が城の中に引き入れたんでしょう。ザッと見ましたが、身元のわかるものをつけておりませんでした。何か腹に一物を抱えていなければ、そのようなことはしません。功績が欲しい者は、自分の出自などがわかるものを携帯しています。なのにわざと隠して城に入ったんです。〝何か〟のために。……ここまで推測すればもう、攻城戦のためでしょう」

「だけど、だけど……このままでは……」

アメリアは涙を流す。雨が強くなって顔にまでかかる。もう雨のものなのか自分のものなのかわからない滴が頬だけでなく顔全体を流れていく。

「……視えたんですね」

――刈り入れに間に合わなかった麦も、育った野菜も全て無駄になり、皆、皆死んでいく。

それを見て高笑いする男は、デール・ウェルズリー。

弟は引き入れてしまったのだ、あの男を。同情という嘘を見破れずに。

「ああ、ハロルド……貴方はなんということを……」

「このままでは風邪を引きます。先を急ぎましょう」

テオは彼女を揺さぶり抱え直すと、再び走り出した。

◆　◆　◆

「我々が使うとは思いませんでしたね」

そう言いながらテオは、竜の住処に常備しておいた枝の束を使い火を熾した。

アメリアは悄然としてずっと降り続く雨を眺めている。最初強く降っていた雨も今は、まるで秋雨のようにじとじととしたものになっていた。

「アメリア、濡れた服は脱いでください。乾かしますから」

テオに言われ振り返ると、彼は既にトラウザーズのみになっていた。彼の精悍な体つきが焚き火の灯りに照らされている。いつもなら惚れ惚れするのだろうが、心が動かなかった。

アメリアは、のそのそと服を脱いでシュミーズとドロワーズだけになる。

テオは器用に枝を組み立てて即席の小さな物干し台を作り、焚き火の傍に濡れた服を掛けた。

「……あの兵たちがカートライト城に着くのは、いつかしら」

「間もなくだと思いますが、それより城に入れた兵士たちの方が危険でしょうね。先走って城内で暴れる可能性があります」

アメリアは自身の身体を抱き締めるように腕を抱える。

（まだ、間に合う。私が今、行動すれば）

父と母、そしてハロルド。それから城の皆。畑は荒らされてしまったが、それでもウェルズリーがこの領地を支配したときのことを考えればまだましだ。

（そうよ……救えるわ。私が犠牲になれば）

テオに殺される運命が変わった。いや、変わっていない。もう一つ、この攻城戦で命を落とす運命が現れ拮抗している。

「……どちらにしても、命を落とすことは変わらないわ。遅かれ早かれの問題ね」

それから決意したように立ち上がると、まだ濡れている服を着始めた。「戻るわ」と。

「アメリア一人じゃ無理だ。どうにもならない」

「どうにかするのよ！」

引き止めようとするテオの手を、アメリアは強く握りしめる。

「私が行けば……ううん、私とテオ。私たちが行くの。そうしてウェルズリー伯と会うのよ」

「それは、先見ですか？」

「それも半分ある。でもどうなるかは、私の行動にかかってる。だから行くのよ。行って私の助けになってほしいの」

「死にに行くようなものですよ」

テオの言葉に、アメリアは苦笑いして答えた。

「私は〝竜の呪い〟によって十八で死ぬのよ。今死んだら呪い通りでしょう？」

アメリアの言葉に、テオは顔を歪めて彼女の手を払う。

「それは〝竜の呪い〟じゃない。そんなこと、竜の望んだ死じゃない。竜が自らの手で殺す。それが呪いだ」

ハッキリとした意志のある、冷たい響きだった。今まで彼の口から聞いたことがないほどに。ハロルドのように感受性の強い子なら、すぐに気づいただろう。彼の、人に隠していた変貌を。

本当は、自分だって気づいていた。でも、気づかないふりをしていた。

ハロルドと自分の違うところは、テオは前世も今も同一人物で、決して誰かに憑依されたわけではないと知っている点だ。

（前世だって今世だって彼だ。ずっと私を追いかけてきた切ない魂……）

「〝竜〟の前世を持つ貴方……」

アメリアはテオの頬に触れるために手を伸ばす。一瞬ビクリと震えたテオだったが、真っ直ぐ見つめてくるアメリアに気圧され、されるがままになっていた。

「どうか、私の願いを聞き入れて。私がこの戦いで死なないよう、助けて。――そうしたら、貴方に殺されましょう」

「……ふざ、けるな。お前の命は最初から俺の手の中だ。お前が命じるものじゃない」

この言葉遣いはテオじゃない。アメリアはフッと息を吐き、口角を上げた。

「前の生であるシーラが書き残してくれたものを読んだの。それで今まで、全ての生で貴方と出会って殺されていたことを思い出した。貴方に再び会えた喜びと、変わらない貴方への哀しみとともに」

『生を繰り返していく中、始まりの記憶が薄れ、能力が衰えていくこれからの私に残していきます。私が強く惹かれる相手は、転生して追いかけてきた〝竜〟です。今、会えなくても必ず彼は私の前に姿を現します。人の生を受けてまで私を殺しに来るでしょう。それは〝呪い〟の始まりであるかつての私が、彼に絶望を与えたから。彼はただ殺すだけでなく、私に愛を与え至福を与え、愛する者に殺されるという絶望を与え、転生を拒絶させようとしていました。けれど彼の本望はそのようなことではありません。私は明日、殺されるでしょう。そして誰かに殺されたという事実は、カートライト城の守りの弱さを露呈せぬよう伏せられ、私は自死として扱われます。でも、私の言葉に彼が耳を傾けてくれたならきっと、私の代で呪いは解けます。どうか、呪いが解けますように。この書き記したものが私の遺書になりませんように』

私は、彼に一番大事なことを言うべきだった。

愛しい貴方。

——貴方。

「私はこうして何度も貴方に出逢って、貴方に殺され続けていたんだわ。貴方も人に生まれ変わって、思い出しては変わらず私を殺し続けた」

「変わらず？　言い訳だろう、俺はお前の——そう、偽りの妻セラに騙されたのだ。ただこの領地を守る巨大な力が欲しくて妻となっただけで、お前たちにとって俺は人の女を欲しがった恥知らずな獣なのだ。それも知らずに俺は彼女を愛した。攻めてきた隣国の王に惚れ込んだセラは、奴を倒した俺を恨み、色仕掛けで殺した。……口にしたら何という情けない死に方よ。人の女を信じ、甘言にまんまと騙されて……」

「待って、セラは、そんな人じゃなかったはず。ただ人見知りで恥ずかしがり屋で、一途で、初めての恋をどう伝えていいのかわからない臆病な——」

「黙れ！」

空気が切り裂かれるような激しい怒号に、アメリアの身体が震えた。震えたのはアメリアだけではなかった。洞窟もビリビリと揺れ、パラパラと小さな土の塊が天井や壁から落ちてくる。

「――っ!?」

瞬時、テオの両手がアメリアの首を摑んだ。そのまま壁に背中を押し付けられる。

「このまま殺してやろうか。そうしたらあの世で家族と再会できよう」

壁に擦りつけるように身体がずり上がっていき、つま先が地に着くか着かないかの高さでアメリアの身体が浮く。

首が締められ息苦しさに耐えながら、アメリアは訴える。

「それで貴方はまた、私の転生を追いかけるの……？　それで、いいのっ……？　貴方は私が、転生を諦めるのを望んで、こうして、追いかけている、んじゃないはず、よ……？」

「……何が言いたい」

首から手が離れた。アメリアは咳き込みながら地面にへたり込む。

「貴方がずっと私を殺してきた理由は、呪いの成就のためじゃない。愛されているか不安だったからだわ」

「……それが、わざわざ東国から本を取り寄せてまでして出した答えなのか？」

テオはアメリアを見下ろし、せせら笑う。

「そうよ、セラは無口だった。自分の能力を敬う者も恐れる者も同じ数だけいた。だから人と深く交流することは少なくて、普通の人には視えなかった精霊たちや会話のできない動物たちとの交流ばかりだった。……セラは、自分の気持ちを言葉で伝えることが苦手な人だった」

「知ったようなことを……」

「当たり前でしょう。セラは私の、遠い前世よ。そして、そのことを後悔しているのもはっきりとわかる。だから何代もかけて自分を変えていったのよ！」

アメリアは呼吸を整えながら壁伝いに起き上がる。まだ愛する人に首を絞められた衝撃で身体がクラクラする。

だけど、言わなくては。もう、終わりにしなくては。彼も私も、この先不毛なことを繰り返さないように。

アメリアはその想いのために足に力を籠め、テオと向き合う。

「何回も転生を繰り返して時代が進んでいって、ただ竜の呪いは恐ろしいという口承しか伝わらなくなっていた。私や、過去の私だって最初から真相を思い出していない。ただ、長く伝わっている『竜を裏切って殺した女が呪われて、それがずっと続いている』という話に振り回され続けた。どこかおかしいなんて思わないで、なんの疑いもなく。けれど、何度も生まれ変わってようやく呪いの本質を見抜いたシーラは、貴方に自分の気持ちを伝えようと決心した。けれど吟遊詩人だった貴方は、その前に殺してしまったんだわ」

「煩い、違う、そんなことはない。そのときだって俺は……」

——貴方に伝えたいことがあるの、とても大事なこと。

そう言ってシーラは花のように微笑みながら、俺を抱き締めてきた。

ああ、いつもそうだ。

いつもこうして抱き締めてくるけれど、欲しい言葉はいつもくれない。

——だから、白い細首を絞めた。

「……言ってくれるつもりだったのか？」

「テオ……セラは貴方を裏切っていない。ただ、貴方が変わってしまったのが辛くて哀しくて、貴方を殺して自分も死のうと思ったのよ」

「ふざける、な。俺はお前の転生を諦めさせるために絶望を与える。そのためにこうしているんだ。自死しようとしただと？　今更なんだ？」

困惑と怒りに歪んだ顔が突如変わり、アメリアの向こうを睨みつける。

急に彼の胸に引き寄せられ、驚いて顔を上げたアメリアだが、テオの緊張に満ちた顔に別の脅威がやってきたことに気づく。

テオは壁に掛けていた剣を握りしめ、洞窟の出入り口に剣先を向ける。

鉄鎧の重苦しい音が近づいてくる。焚き火の灯りに誘われてやってきたのだろうか？

アメリアは緊張で知らず唾を呑み込む。灯りに照らされて見えたのは——。

「ウェルズリー伯……！」

彼に降り注いだ雨は銀色の鎧を濡らし、焚き火の灯りはそれを艶光りさせていた。

纏う姿は神々しくも見えるのに、彼の陰気な雰囲気と責めるような顔にアメリアは底知れぬ恐ろしさを感じ、知らずテオの胸に身体を寄せた。

彼女の怯えに気づいたのか、デールは歪んだ笑みを浮かべながら言い放った。

「おやおや、ようやくここが私のものになると感極まって来てみたら……城が大変なことになるというのに、いい気なものだ。ここで乳繰り合っていたのか」

「ハロルド様をそそのかして城に伏兵を忍ばせたのは、やはりお前か」

「まだ精神が未熟なのか、先行きの不安な跡継ぎだなぁ。姉恋しと嫉妬にまみれて私の提案を素直に受け入れた。……いや、後継者なのに軽んじられていたのかな？　可哀想に。

どこの馬の骨ともしれない男の方に信頼があっては、捻くれるのも当たり前だ。そのおかげでたやすく懐柔できたがな」

デールは薄笑いをしながら剣を抜く。

「貴様一人だけならたやすいものだ」

「お前一人で、俺を倒せると思っているのか？」

テオはアメリアを後ろに下がらせ、剣を構える。

「お姫様を守る騎士様々だな。勿論、私だけではない。洞窟の外には私の兵が控えている。たとえ〝竜〟の意識を持ったお前でも、身体は人だ。腕の良い私の兵たちとやり合えるかな？」

「——!?　なぜ、そのことを」

アメリアもテオも驚愕し、デールを見つめた。ハロルドが話をしたのだろうか？

デールはますます不気味な笑みを深める。

「……貴方、本当にウェルズリー伯なの？」

アメリアの問いに、デールは大きく口角を上げて笑った。

「はははははっ！　死ね！　俺の女にならなかったそいつも、人の形《なり》をした獣も！　貴様が蓄えた貴石は全て私のものなのだ！」

（この男はウェルズリー伯じゃない。誰かが操ってる）

「『人の形をした獣』はお前だろう！」

テオの声と共に剣がぶつかる甲高い音が洞窟中に響いた。それが合図とばかりに兵士数人が乗り込んでくる。

「馬鹿が！　狭い場所で剣を振るえるか！」

テオは怒鳴ると、突進してきた兵の一人に向かって剣を投げる。

──それは凄まじい速さで皮鎧を貫通し、後ろにいた兵までも貫いた。

あっという間に二人倒され相手が怯んだ一瞬の隙をついて、テオは素早くデールに接近した。腕を捻りつつ後ろへ回ると、首に腕をかける。

グッと絞めた腕に力を籠める。

「剣などなくても、首の骨を折ることなど容易だ。どうする？　ここで絶命して、カートライト城を攻めている兵たちに胴体から離れた首を見せるか。それとも自ら出向いて兵を引くか。──お前らも下手な真似をするな。少しでも逆らおうとすれば、お前らの主の首を折る」

「……き、さまぁ……醜い獣のくせによくも……」

はっきり耳に届くほどの歯ぎしりの音がデールから聞こえる。あまりの悔しさからか口から血が流れ、ペッと彼が吐き出した血とともに欠けた歯が地面に転がった。

テオは「フッ」と鼻で笑うと、再び目の前の膠着状態でいる兵士たちに問う。

「さあ、どうする！　言っておくが主人を裏切って俺ごと殺すとか考えるなよ。……いや、そうだな……」

何を思ったのかテオが裏拳で洞窟の壁を殴る。刹那、砂埃が立ち、その部分が抉れた。そこから何かを摑むと兵士たちに見せる。

それは——琥珀だった。

兵士たちの目が途端に輝く。

「俺に寝返るか？　それならこのくらいの大きさの琥珀を一人に一つくれてやろう。しばらくは生活に困らずに済むだろう？」

死を脅しに使うより、糧を掲示した方があっさり交渉は進むし、終わるまで従順になる。

テオが兵士たちにそれを放り投げると、我先にと群がる。兵士たちの答えはそれで十分だった。

◆◆◆

雨は止んだが、空はどんよりとして重たい雲がかかっていた。その中をテオが率いる兵たちが駆け足で進んでいく。向かう先はカートライト城だ。

先発隊が城付近で待機して、デールの命令を待っているはずだと、琥珀で買い取った兵士たちが話してくれた。

デールを縛り上げ身動きのとれない状態にして連れていく。攻めてきた兵らに見せつけて戦意喪失をはかるためだ。

アメリアも一緒に向かう。半乾きの服を着たせいか、外気に触れると寒い。ひんやりとした感触が体温を奪っているが、今はそんなことなど気にならないくらい緊張していた。

城に潜伏しているデールの兵が先走ってしまい、既に開戦しているかもしれない。

そう思うと、いてもたってもいられなくなり泣き叫びたくなる。アメリアは自分の弱い感情を必死に抑え、兵士が乗っていた馬を借りて走らせる。

（お願い、間に合って……！）

お父様、お母様、ハロルド、ライラ。城の皆の顔を思い浮かべては震える唇を引き結び、馬の腹を蹴る。

テオがアメリアの先を走っていた。縛り上げたデールを彼の馬に乗せ、自分もその後ろに乗り込んで。時々、後ろで馬を走らせているアメリアを確認するが、話しかけることはなかった。たとえ話しかけられても、今のアメリアに対話する余裕などないが。

勿論、デールの登場で話が中途半端になってしまって、テオに聞きたいこと、話したいことは山ほど残っている。

けれど、今はカートライト城の危機を回避することが最優先だ。

先見は二つ。どちらが現実となるかはわからない。

一つ目は『デールに攻められて家族を失い、自分は民の命を救うことを条件に彼の妻にされる』。全くのでたらめだが、国王には「カートライト一家が長女以外、全員突然死した。隣の領主である自分が保護した彼女を妻として娶り、運営していく」などと、話をでっちあげればいい。大小の領地をまとめ上げている君主にしたら、無事に経営し納めるものを納めてくれれば、領主が代わろうが構わないだろうから、上手く根回しすれば深くは追及されまい。

二つ目は『ウェルズリーからの襲撃を退けることができる』というものだ。この先見を叶えるためにはテオの協力が必要不可欠だと視えた。

先ほど視た先見と少々変わった。それはテオがデールを捕らえたことが大きい。

——いいえ、テオじゃないわ。テオの意識の中にいる竜の協力なんだわ。

今のテオの意識は竜のそれと混濁している。ハロルドの言う通り、以前のテオじゃない。

それでも、アメリアにとっては愛しい〝彼〟なのだ。竜だってずっと彼の中にいた。全てを愛している。愛さずにはいられない。たとえ前世の自分の意識がそう訴えていても、ずっとテオを想っていた気持ちは自分だけのものだ。決して前世だけの感情じゃないとはっきりしている。

（この気持ちを伝えるまで、私は死ねない。殺されるのなら、テオの手でないと……）

先見が少々変化したとはいえ、自分の命が儚くなる運命には変わりない。

でも、自分は命がなくなるそのときまで彼を見ていたい。焼き付けておくの。また来世で会えるように。そして今度こそ伝えるの。

アメリアは頭を振った。そんな弱気でどうするの、と。

（今度こそ伝えるのは、今世でよ！　同じことを繰り返さないわ！）

「テオ！」

アメリアはテオの乗る馬に近づく。

「ありがとう。助けになってくれて」

アメリアの言葉にテオは鼻で笑い、意地の悪い顔を見せた。

「お前は俺が殺す。他の奴に殺されるなんて俺の〝呪い〟が許さない、ただそれだけだ」

「それでいいわ」

アメリアは笑う。そんな彼女を見てテオは意外だというような顔をする。

「でも、今世では貴方に告げたいことがたくさんあるの。それを聞いてからにしてちょうだい」

そう言うと、アメリアは真っ直ぐに前を向いた。

カートライト城は近い。


近づくにつれ、アメリアは焦りを隠せずにいた。

田園に囲まれたカートライト城に乗り込んでいく兵士らが、ハッキリと見えたからだ。

「お父様、お母様、ハロルド！」

そう声を上げながら馬の腹を蹴り、駆けていく。その後をテオが追った。

「侵入したばかりだ、慌てるな」

テオに引き止められる。

「ここは俺に任せろ」

開かれた城門から、デールを盾にして入っていく。

「ウェルズリーの兵たちよ！　これが見えるか!?　見えるなら武器を置いて投降しろ！　お前たちにはもう勝利などない！」

テオはそう声を張り上げた。アメリアも思わず耳を塞いでしまうほどの大声で、腕を縛られて耳を塞げないデールが思わず「煩い」と歯を食いしばる。

しかしそれほどの声で大喝したお陰で目の前にいた兵たちが一斉にこちらを向き、現状を理解した。

「お前たちの負けだ！　大将は俺が捕らえた！　武器を捨てて投降しろ！」

テオは馬から下りデールを引きずり下ろす。彼を盾にしながら城中を歩いていく。アメリアはその後をついていった。

デールはそのつど抵抗していたがテオの力には敵わず、更にきつく縛り上げられていた。

「くそ、くそっ！　放せ！　私は獣などに屈しはせん！　貴様に頭を下げるくらいなら死ぬ！」

「なら死んでみせろ。まあ、今のあんたにできる自死の方法は舌を噛み切ることしかないな。……これはなかなか死ねないぞ？　失血死か出血による窒息死を待つしかないな。それまでのたうち回るような痛みで、助けを乞うんじゃないか？」

「でたらめを！」

「過去の経験から言ってるんだ。知恵を貸してやってるんだから、感謝してほしいくらいだ」

テオが笑いながら答える。横で聞いていたアメリアには辛い内容だった。

自分を殺した後、彼もずっと生き続ける気がなく死を選んだのだろう。それらの人生の中で行った自死の一つを語ったのだ。アメリアは胸にある痣の部分にそっと手を当て、決意を新たにする。

――今世こそ、二人で生きるのよ、と。


途中でライラや私兵団の仲間たちと出くわす。

自分たちを見て皆は安堵した様子で、投降してきた兵たちの捕縛を進めている。

私兵団の一人が近づきながらデールを指す。

「どうするんだ？　こいつらと一緒にまとめて縛っておこうか？」

「いや、旦那様の指示を仰ぎたい。旦那様はどちらに？　……無事だよな？」

念のために確認すると仲間が大きく頷く。

「ああ、奥様やハロルド様と一緒に宝物庫と隣接している部屋にいる。……ただ、烈火のごとくお怒りだったたから」

と言って「今、近づかない方がいいかも」と言葉を濁した。

何に、そして誰に激怒しているのかはアメリアもテオも察している。むしろそれだけで済んで幸運だったのだ――ハロルドは。

とはいえ、まだ油断はできない。

デール自身は今だって隙さえあれば束縛から逃れようと暴れ、暴言を吐き続けている。傍に寄ってきたテオの仲間に嚙みつこうとする様は、まるで手負いの猛獣のようだ。

アメリアは、ますますおかしな状態になっていくデールが空恐ろしくなってきていた。

「この城も私のもののはず！　領地もだ！」と喚いたかと思えば「上手くいかないはずはない」「正体の知れない獣に負けるものか」「娘も私のものなのだ」とブツブツと呟いている。

「言いたいことがあるなら旦那様の前で言え」

テオはそう言いながら、抵抗するデールを押し出すように前進させてカートライト伯のもとへ向かった。

城の北側にある宝物庫の隣の部屋は続き部屋のようになっていて、頑丈な扉で繫がっている。隠し廊下を通れば外へ出られる構造だ。

父は家族をここに入れて護るつもりだったのだろう。

部屋の前まで来てテオはアメリアを促した。アメリアも頷き、強く扉を叩く。ぶ厚い扉なのでいつものように優しいノックでは聞こえないからだ。

「お父様、お母様！　ハロルド！　私よ、アメリアよ！　ここを開けて！　この戦を主導したウェルズリー伯爵を連れてきたわ！」

しばらくの沈黙があって、重たい音を立てながら扉がゆっくりと開いた。

最初に出てきたのは父で、アメリアを見てホッと息を吐いていた。それからテオと縛られているデールに視線を向ける。「入りなさい」と一言言うと、扉を大きく開けた。

中へ入ると、真っ先にアメリアに飛びついてきたのは母だった。

抱き締めながら泣いて「良かった」「生きていてくれた」と何度も呟いていた。

「お母様も無事で良かった。お父様もハロルドも」

父も笑みを浮かべ頷いてくれたが、ハロルドは後ろで小さくなっていた。顔も蒼白になっており、目を合わせようとしない。先ほどまで父に叱られ、自分のしたことの重大さに落ち込んでいるように見えた。

父はテオに、

「一人で彼を押さえ込めるかね？　屈強な者を呼ぼうか」

と尋ねる。

「いえ、ここまで俺一人で押さえていたので平気です。ただ、念のために足も縛りたい」

わかった、と言って父も手伝いデールの足を縛る。その間に母は城内の片付けをするため指示に出向いた。

「アメリアも母の手伝いを」

父の言葉にアメリアは首を横に振る。

「まだ、ウェルズリー伯に聞きたいことがあるの。それが済んだら行くわ」

父はそれ以上何も言わなかった。自分の好きなようにしろということなのだろう。

「はっ、はははははははっ！」

手足の自由がなくなったデールが突然笑い出す。

「駄目な跡継ぎだな！　なあ、カートライト伯よ。私の話にあっさり乗って、私兵を城に入れて。本当なら今頃、城は落ちて私のものになっていたのになあ！」

「貴方は大層口が上手いようですな。いや、同情を買う演技ですかな？『息子がいるはずだった』とハロルドに話したそうじゃないですか。私の耳にはご子息が誕生したことも亡くなったことも入っておりませんでしたが。それでハロルドは気を許してしまったようだ」

「貴様が死んだら私が養子として引き取るつもりだった。……いや、残念だ。〝以前〟も失敗して今回も失敗か」

突然項垂れて落ち込むデールに、アメリアだけではなく、父もテオも、そして大人しくしているハロルドも顔をしかめた。

養子にする、なんて上手い話はないだろう。今までの例として攻められ落ちた城の主は家族共々殺される。ここが落ちていたらハロルドだって無事では済まなかったはず。

しかし全員が疑念を抱いたのは、そこではない。

「以前も、とは？　過去にもこの領地を攻めたつもりでいたのか？」

父の問いにデールは答えない。

ブツブツ小声で喋っていて、様子が変だ。おかしくないのに笑い出したり、かと思いきや「誰だ、貴様！」と怒り出したり。

アメリアたちは互いに顔を見合わせつつ、デールから距離を取りながら彼を眺める。

突然、

「なんだ？　この記憶は？　気味が悪い！」

とデールが顔を上げた。顔が恐怖で酷く歪んでいる。

数秒後、突然デールの顔がだらしなく緩み、ヘラヘラと笑いながら話し出した。

「あへへ……ぼくが、ここを狙ったんだよお」

話し方が小さな子供になっている。眼差しもフラフラと彷徨っていて定まらない。

「気が触れたか？」

と、テオが呟いた。洞窟からここまで縛られて移動させられ、戦を止めるための盾にさせられたのだ。自分が戦わないまま敗れ、蔑みの視線に晒されて——高い矜持ゆえに心が壊れてしまったのだろうと。

「……そうじゃないと思う。今、話しているのはウェルズリー伯ではないわ」

アメリアがテオに反論する。

「じゃあ、こいつは誰なんだ？」

テオの問いに父が首を傾げた。ハロルドも同様に、アメリアに意見を求めるような視線を向ける。自分だってわからない、とアメリアは首を横に振る。

おそらく彼の前世は、自分たちの前世と関わりがある。けれど、説明しようもない。

困惑の中、デールの中にいる者が語る。

「この土地が欲しかったんだあ。それと先見の力を持つカートライトの娘も。欲しくて欲しくて兵を出したんだあ。でも、ここを守る竜に負けたんだよお……あ〜あ……」

「何を言っているんだ？　竜だのなんだのと」

父が全くわからないというように気難しい表情で眉を寄せる。しかし、デールはお構いなしに今まで喋れなかった鬱憤《うっぷん》を晴らすように続ける。

「そのあとさあ、死んじゃったんだって。巫女《シビラ》の娘と竜が。……ぼくが先に死んじゃったから巫女の娘をお嫁さんにできなかった…………竜の野郎に殺されなかったら！　ちくしょうちくしょう!!　しゃあしゃあと出てきやがって！　あの女は元々ぼくが狙ってたのに！　トカゲのくせに人間になって人の女を嫁に？　ふざけるな。…………………そうだよね、獣が、トカゲがさあ、人の娘と愛し合うなんておかしいよお……何かの間違いだよね。うん、間違ってる。セラだってぼくに惚れていたんだけど、あいつは〝カートライトの護り竜〟なんて崇められていて、獣のくせにセラを欲しがったから仕方なく嫁になったんだよね。大丈夫だよ、ぼくが助けるから。…………助けられなかったんだあ、哀しいね。だからちょっと伝承を変えたんだよ。だって本当はぼくと愛し合ってるはずだから。間違いは正さないと……」

子供になったり大人に戻ったりと忙しない様子で、デールは勝手に喋っていく。

その内容が〝竜の呪い〟の口承と似ていることに、アメリアの身体が粟立つ。

『ここに土地を守護する竜あり。その竜、人の女を愛でる。女、この地を治める王の娘にして、先見の力を持つ者なり。娘、竜の愛を受けるも思い移ろう。そのはかりごとにて竜、失す。その間際、許すまじと竜、娘に呪詛をかける。娘、望んで竜の呪詛を受ける』

「あ、あの口承は……ウェルズリー家が広めたの？」

アメリアがデールに詰め寄る。いや、デールの中にいる誰かを問い詰めたという方が当たっている。

おそらくその誰かとは、セラやセラの父親と交渉してきた隣国の王——かつてカートライトと同じく〝国〟であった頃のウェルズリーの王。デールの先祖だ。

デールが顔をアメリアの方に上げ、いやらしい笑みを見せた。

「カートライトをぼくのものにしてぇ、そいでセラをお嫁さんにしてぇ、竜の洞窟に溜め込んである貴石をもらってぇ…………そのはずだったのにいいいいいいい!!　ぼくの弟がね、いい仕事してくれたんだあ。話をちょおっと変えてくれたんだよお。碑文に残しておけばいずれこれが真実に変わるって。弟ね、いつもぼくを邪険にしてたけれど、本当は優しかったんだー」

「た、他人の領地に勝手に碑石を建てて……偽りの話を刻んだというの？」

アメリアは怒りに震えながらテオに視線を向ける。テオも驚いていて、琥珀色の目を大きく見開いて硬直していた。

だが、まだ疑問が残っている。テオが口を開く。

「じゃあ『解呪には竜の唯一無二の番《つがい》なる娘と、その娘が放つ言葉を捧げよ』って誰が刻んだんだ？」

「あの碑文を読んで、気づいた誰かが刻んだんだわ……」

確かに、あの一文だけ先の文より少し新しいものだった。それでも自分たちからしたら随分古いが。

「そうよ……多分、セラから一代、二代後の私の……前世だわ」

ぐるぐると視界が回る。誰の前世？　いえ、誰だっていい。結局は私だもの。

たくさんの私がいつも愛するのは、竜であった貴方。

貴方は私を強く激しく愛してくれた。だからいつも愛の言葉は貴方に任せっきり。

死の呪いが出てきて初めて、この輪廻に気づいて後悔した。次の生でもっと早く気づけるようにあそこに刻んだのだ。

――彼に愛を告白して、と。

自身の呪いに立ち向かうことなく怯えるばかりで、思い出すまでにいつも時間が足りなかった。

いや、呪いを解く方法を探す時間があるなら、彼との時間を大切にしたいと思ったのだ。

彼がその竜だと知らずに。

そして残される彼が憐れで、愛の言葉を囁かなかった。

呪いと転生のことを早く思い出して、彼に愛を伝えなくてはならなかったのに。

「アンバー……」

アメリアから出た名前は宝石の名ではない。セラだった頃の彼女の愛した竜の名前だ。

「愛してる……ずっとずっと愛してる。生まれ変わって貴方が私を殺しに来たって、私の愛は変わらない……」

自然と出てきた言葉は、竜へ伝える愛の告白だった。

伝えたかった言葉。喜びを与える言葉――これが『ことほぎ』なんだとアメリアは涙を浮かべ気づいた。

「殺しておいて……よく言える」

テオが、いやアンバーが、吐き捨てるように言う。そうだ、彼にとってはセラの行動は最大の裏切りにしか見えない。

アメリアは止まらない涙を懸命に拭いながら言葉を繋いでいく。セラの想いを抱きながら。

「優しい竜だった。生まれ育った森を愛し、共存している獣たちを大切にし、自分の姿を見て人が怯えないようひっそりと生きながらも、人にも慈愛をかけていた。セラはそんな貴方を愛した。けれど、隣国の王が攻めてきたときに、貴方は戦って追い払うとセラに言ったのだわ。セラはそれを承諾しなかった」

「ああ、そこでセラが奴に惹かれているのだと怪しむべきだった。……そうすればあの血筋の者たちを全て根絶やしにできたのに」

「違う、違うのよ」

アメリアは激しく首を振りながら反論する。知らず涙が溢れてくる。何百年も気持ちを誤解されたままだったのが、酷く哀しかった。

「セラが承諾しなかったのは、貴方が人をたくさん殺すことで変わってしまうのが嫌だったからよ。彼女は先見で、純粋な魂を持った貴方が血や殺戮を快楽と感じて繰り返すようになる様を視てしまったの。隣国の王を倒した後は、このカートライトに住む人や獣だけでは飽き足らず、周囲の土地も血に染めることになってしまうと。だから頷かなかった。『やめて』と拒否したのよ。だけど、貴方はセラの言葉を聞き入れなかった。聞き入れずに隣国の兵を大勢殺した。口下手な彼女が、初めて雄弁に語ったはずなのに」

アンバーの目が大きく開かれ、狼狽し出した。頭を抱え、アメリアではなく遠い光景を懸命に見ようとするかのように視線を彷徨わせる。

「そうだ、普段口数の少ない彼女が、その日に限ってこんこんと説得してきた。……それで俺は嫉妬したんだ。『なぜそうも隣国の王を庇うのだ』と。でも、俺はすぐに疑いを払拭させて『俺は変わらない、戦いが終わってもセラの好きな俺だ』と……仕方がないじゃないか！　俺が戦わなくてはカートライトの土地が奪われてしまうのに。セラもセラの家族も殺されてしまうのに。他に選択肢なんてあったのか？」

「今ある土地の半分は奪われたでしょう。でも、それでもどうにかセラの家族は生き延びることができたわ」

「……セラは？　どうなるはずだったのだ？」

アンバーの問いにアメリアは目を伏せ、静かに答えた。

「花嫁として差し出されるはずだった。……そして初夜に、夫となった王に殺されたと見せかけて自死をするはずだった……」

「俺にとってはそっちの方が不幸だ！　セラが他の男のものになるのも、自死するのも見守れとでも言うつもりだったのか！」

「それでも、アンバー。貴方の魂が狂気に穢《けが》れるよりはましだと思ったのよ……」

「馬鹿な、そんな馬鹿な話が……だから、逆らって虐殺してきた俺を殺したのか？　俺は勘違いしてセラを殺して、呪いをかけたのか……？」

「アンバー、よく聞いて。私が悪かったのよ。ちゃんと貴方にたくさん、もっと色々と話すべきだったの。だからこんな間違いが何百年も続いたんだわ。口下手でも、恥ずかしがらずに普段から貴方と話すべきだったの。『態度や温もりで愛を感じ合えるから大丈夫』って思って、大切な言葉を伝えなかったから、貴方は疑心暗鬼になって呪いをかけた」

セラが、私の中のセラが必死になって想いを伝えている——。

泣きながら、今までの生のことを思い出しながら。アンバーの涙で濡れた頬を撫でながら。

「生まれ変わって、今度こそちゃんと伝えようって思ったのに。でも、生まれ変わって貴方と再会しても、よく思い出せなかった。『死んでしまう私の愛を口に出してはいけない』って、相手に負担を与えてはいけないって、いつもいつも。そうして死ぬ間際にやっと貴方のことを思い出して後悔して……今度こそ、今度こそ、自分の気持ちを伝える勇気のある人に生まれ変わろうって……」

「俺は……でも、俺が悪い。転生してきたセラを見つけては、誤解して意地の悪い仕返しを繰り返して……」

アンバーの言葉にセラは首を横に振る。

「違うわ。貴方はただ、私の魂を追いかけてきただけ。呪いなんかじゃない。この胸の痣も貴方が目印につけた。赤く変わるラベンダーだってそう。貴方が私を見つけて愛を乞う合図だった」

「違う……俺はそんなに優しくなんてない。俺はセラに俺のことを想ってほしかった。俺の愛は獣のものじゃない、セラの愛を受け取れる存在だと思いたかった」

「わかってる……。わかってるの。いつもいつも生まれ変わって、貴方は私の言葉を欲しがった。……ごめんね、ずっと不安にさせて」

アンバーの頬を撫でる手を下ろし、彼の胸に当てる。心臓が何かを期待して大きく脈打っているのがわかる。

なんて愛しいんだろう。自分の行動一つで、こんなに胸を躍らせて。

「愛しています。今までも、これからも、ずっとずっと……貴方だけを愛しています」

「セラ……」

「アンバー、愛してる。貴方だけに言わせてごめんなさい」

ああ、とアンバーがセラを抱き締め、感泣する。

「ずっとその言葉が欲しかった……」


──『愛してる』と言ってほしかった。

心のどこかでまた人として一緒に生きていきたいと思っていた。ただ、貴女の愛が欲しかった。人しか持つことのできない言葉を通じて、愛を伝えて。愛してほしくて、そう言ってほしくて苦しくて、裏切られたことが自分の心を蝕んで、貴女を殺さなくてはと思った。

他の誰かを愛してほしくなかったから。こうして何度も貴女の後を追って生まれ変わって殺し続けた。

「そうだ、これが俺がかけた〝呪い〟の本質」

身体の奥にあった泥濘が澄み切ったものになって、テオの中に溶けていく。

『これで終わった。もういい。お前の中に溶けてやる。お前はお前なりに彼女を愛してやれ』

(……お、まえ)

力が抜けたのか、テオはしゃがみ込んでしまった。

「あ……」

セラの意識に囚われていたアメリアも一瞬目眩がしたが、どうにか立ったままでいられた。

「……テオ?」

しゃがみ込んだまま下を向いている彼に語りかける。今、彼はアンバーとテオ、どちらなんだろうと。

「アメリア……」

琥珀色の瞳がアメリアを映す。自分を見つめる顔は疲労感を漂わせているが、アメリアには一目でわかった。これはテオだ、と。

アメリアもしゃがむと、テオの額や頬にキスを落とす。そうして、アメリアとして彼に告げた。

「愛してるわ、テオ。心の底から」

「うん……わかってた。でも、そう言ってほしかった」

そう言いながらアメリアを抱き締め、互いの温もりを感じ合う。

「愛してる、俺も。これは俺の意思だ。決して竜の思念に惑わされたものじゃない。それだけはわかってくれ」

「勿論だわ」

パンパン、と手を叩く音がして振り向くと、カートライト伯である父が神妙な顔つきで二人を見つめていた。

「――さて、先ずはウェルズリー伯をどこかの部屋に閉じ込めておくことにして、いったい二人の間に何が起きたのか、私にわかるように説明してもらえるかな？」

と言った。

部屋から出ると城の皆が大騒ぎしていて、何事かと顔を見合わせている。その中から珍しく母が走ってアメリアたちに近づいてきた。

「お母様？　どうしたの？」

「ラベンダーが！」

アメリアを中庭まで引っ張っていく。そこにはライラや私兵団の若者たちもいて皆、歓喜の声を上げていた。

その理由を知って、アメリアも声を上げて泣いた。

赤に染まっていたラベンダーの色が、白に戻っていたのだ。

「呪いが解けた！　アメリア様、おめでとうございます！」

「アメリア様！　ばんざい！」

皆が手を叩いて喜んでくれている。アメリアは呪いが解けたのは勿論、そうやって皆が祝福してくれていることが何よりも嬉しかった。

「『おめでとう』か。これも『ことほぎ』だよな」

テオがアメリアを背中から抱き寄せてくる。

ウェルズリーの兵たちも突然に色が変わったラベンダーに驚きつつも、顔を綻ばせている。隣り合わせの領地の者たちも竜の呪いの伝承を知らないはずはない。色が変わったこ

とで呪いが解けたことを知り、彼らも安堵したのだろう。

「ええ、幸せを呼ぶ言葉は、ほら——皆を幸せにしてくれるのよ」

アメリアはそう言うと、前に回されたテオの手を握りしめて言った。

「皆さん、ありがとう。そして、愛しています」

と。

第七章

慌ただしく時が過ぎ、一ヶ月が経った。

ウェルズリー伯が攻めてきたあの日、無事に竜の呪いは解けたが、アメリアは高熱を出して寝込んでしまった。

「まだ呪いが？」と不穏な雰囲気になったが、半乾きの服を着たままでいたせいで風邪を引いてしまったのだろうとの医師の報告で、皆胸を撫で下ろした。

とはいえ、症状はかなり重く熱が引いた後も体力が落ちてしまった。安静にするよう言われ、滋養のある食事を摂りながら体力の回復に努めた。

傍らにはいつもテオがいて、まるで新婚のような雰囲気だとからかわれる日々。

それがアメリアには恥ずかしい反面、とても嬉しかった。

言葉で伝え合う大切さを身に沁みて感じながら、毎日を過ごしていた。

といっても、大事が起きた後でカートライト領もウェルズリー領も大わらわで、臣下たちが交渉のため行ったり来たりして忙しない毎日でもあった。

ウェルズリー伯デールは一時は気が触れたのかと思いきや、次の日にはまともになり、まるで憑きものが落ちたように物静かで穏やかな壮年の男性になっていた。元はこういう人物だったのだろう。

自分のしでかしたことを部下から聞くや否や、顔を真っ青にして地に伏すくらいに頭を下げて、城の修繕費用や荒らした畑の賠償を自ら申し出たくらいだった。

カートライト伯も寛容に彼を許し、これから共に領地をもり立てていこうと固く手を握りしめ、デールを感涙させたという。

一度見舞いに来てくれたとき、アメリアも彼の変貌に驚かざるをえなかったが、それでも呪いが彼にも影響を及ぼしていたと考えればなんとなくその理由がわかった気がした。

そして敵兵を城に引き入れたハロルドは、しばらく親戚の屋敷に預けられ、一から鍛えられることとなった。彼もまた自分のしでかしたことを後悔するあまり、碌に食事も摂れなくなってしまっていた。

本来なら重罪人として、カートライト家から籍を抜いて追放するのが妥当だが、痩せ細った弟を庇い「罰は自分たちに」と父に申し出た護衛たちの忠義に免じての処置だという。

そうしてようやく落ち着いた頃に、夏らしくない夏が終わった。

◆　◆　◆

秋が始まったばかりだというのにまるで初冬のような寒さに、アメリアは身を縮こませながら城に入る。

先ほどテオと領内の畑を見て回った。

荒らされてしまった麦畑の収穫は諦めるしかないが、その分はウェルズリー領が賄《まかな》うことになり、父も国王に書状を送り税の負担軽減を申し出ている。

いくらウェルズリー領が賄うとしても、向こうにも領民の生活と国への納税がある。しかも今年は厳冬だというアメリアの先見が当たりそうな状況だ。隣り合わせのウェルズリー領だって同じ状況になる。向こうの民を飢えさせるわけにもいかないので、賄うといっても少量だろう。

国王がどういう返事をくれるかは先見でも視えなかった。承諾してくれることをアメリアは祈る。

熱が引いてこうして身体の調子は戻ったが、戻らないものもあった。

——先見の力だ。

一時期、自分が視たい未来も、望めば『いつどこで何が』という部分までハッキリと視えていたのに、今では朧気《おぼろげ》にしか視えなくなっていた。

まだ本調子じゃないのかも、と思いつつも、アメリアはこれが本来の自分の力じゃないかとも考えていた。

それならそれでいい、と思う。シーラの手紙に書かれていた通り、きっと先細りしていく力だったのだ。

寒さで肩をすぼめるアメリアを、母が心配そうに出迎えた。

「アメリア、体調が戻ってまだ間もないのだから無理をしないで」

「もう大丈夫よ。あまり大事にしてばかりだと、余計に体力が衰えてしまうわ」

そう反論しても母の耳には入っていないようだ。

「蜂蜜酒を温めてくるから食堂に行きなさい」

と、言いつけられてしまう。

アメリアはやれやれとばかりに肩を竦めながら毛皮でできた上着をライラに渡すと、食堂へ向かった。

　それでも温かい飲み物はありがたく、母が持ってきてくれた蜂蜜酒を一口飲んだだけでも身体がポカポカと熱を帯びてくる。味わいながらちびちびと飲んでいると、父が入ってきて自分の席に座った。

　何か自分に用があるようだと、家族ならではの勘が働く。アメリアは父の持っている封書に目を留めて尋ねた。

「お父様、それは？」

　アメリアの言葉に、伯は既に開けた封書の中身を出しながら答える。

「うむ、これはエクルスからの手紙だ」

　エクルス。隣国の——としたら。

「例のクレイトン家のこと？」

「ああ、どうしても気になってな。探してるというご令孫の知る限りの特徴を教えてほしいと、直接やりとりしていたのだ。……それでアメリアにも聞きたいことがあってね」

「……？」

　父の話を聞いて、恥ずかしさに顔を真っ赤にしたアメリアだった。

◆　◆　◆

「お呼びいただき、ありがとうございます」

そう言って寝室に入ってきたのはテオだ。

アメリアは笑顔で迎え入れ、親愛のキスをする。

もう公認の仲だが、この一ヶ月間はアメリアの体調が優れないということで、夜の交流はなかった。母に釘を刺されたということもあるが。

だから〝姫と護衛〟ではなく〝恋人〟として二人きりになるのは久しぶりで、アメリアは緊張していた。

さりげなく、そして当たり前のようにテオがアメリアの腰に手を添えて寝台に導いていく。それがあまりにスマートなので、アメリアの胸は更に高まって口から心臓が飛び出そうな気分になった。

（ちょっと落ち着かないと。今夜は確認しないといけないことがあるんだから）

と思うけれど、座った拍子にテオの逞しい胸に頭が触れてしまい、ますます身体が落ち着かなくなって熱くなる。

「こういうの、久しぶりで緊張しますね」

テオが耳元で囁いてくる。アメリアは咄嗟に、

「嘘」

と口を尖らせる。

「だって、落ち着いているように見えるわ。私なんてさっきからずっとドキドキしっぱなしで、胸が痛いくらいよ」

「俺だってそうですよ、ほら」

そう言いながらアメリアの手を自分の胸に当てた。テオの心臓は元気良くとくとくと脈打ち、アメリアの手のひらに鼓動を伝える。

「ね？」

「本当ね」

目を合わせ笑い合うと、自然に唇が重なった。最初は軽く何度か重ねて、互いの唇の感触を確かめ合う。それからだんだんと熱を帯び、唇同士の重なりへと変わる。

舌が絡み合い、官能的な悦びが湧いて早くも下腹部にせり上がってくる。

互いの想いを伝え合うように舌を強く吸い身体を密着させると、テオの手がアメリアの胸を揉みしだく。

「……ぁ、ぁん」

「アメリアを早く抱きたい、俺……」

キスの合間に甘い吐息混じりに囁かれると、アメリアの欲望にも火がついてしまう。

「私も……早くテオと……愛し合いたい……」

切ない声で訴える。テオは破顔すると感極まったようにアメリアの額や鼻先や頬に何度も口づけを落としながら、寝台の上に仰向けにさせた。

「愛してる、アメリア」

テオが真摯な表情で見下ろしてくる。

「私も愛してるわ、テオ」

アメリアも真っ直ぐに彼を見上げ、心を籠めて言った。

「もっと言って」

テオがアメリアの寝衣を脱がせながら囁く。

「愛してる。何度でも言うわ、今までの分まで」

「愛してる」

「愛してる、誰よりも」

呟きながら互いの肌に唇で触れ、脱がし合う。愛を告白しながら時々漏れる吐息は今まで感じたことがないほどに甘く、身体だけでなく心まで蕩けて、何も考えられなくなりそうになる。

本来、愛を誓い合った恋人同士ならば、とっくにたわいもない睦言を交わしながら欲情に浸っているのだろう。

けれど自分が頑なに彼に愛を伝えなかったから、遅れた交わりとなってしまった。

自分の生が途切れるまでの泡沫《うたかた》の恋と思ってしまっていたから。

死んでも彼には自分のことを想って生きてほしい、でなければ後を追ってほしいと自分勝手な感情も持ち合わせていたが、それよりももっと強く、彼には自分が儚くなった後でも幸せに生きてほしいと思った。何もかも夢の出来事だと思って前を向いてほしかった。

でも、そんな思いが呪いを完成させていたのだ。後悔しかない。

「テオ、今までごめんなさい」

アメリアの謝罪に、テオは微笑みながら首を横に振る。

「貴女の告白が、今まで鬱屈していた俺の苦しみを全て解き放って天に上げてくれた。そのおかげでこうして貴女と心から愛し合える。俺にはもう感謝しかない」

「テオ……ありがとう」

帳《とばり》に包まれた空間にあるのは、寝台の横の台にある温かな色を放つランプの灯りだけだ。それに照らされる中、全ての服を脱ぎ捨て、一糸まとわぬ姿になると互いの素肌に触れ合う。

アメリアの胸の真ん中にある痣に触れながら、テオが言った。

「この痣もきっと消えるよ」

「別に消えなくてもいいの。……これは遙か昔に、貴方が私につけた印だもの。知る前は忌々しい痣だと思っていたけれど、今はとても愛しい……」

呪いの証だと言い伝えられてきたこの痣は、今はアメリアにとって長い年月をかけた愛の証だ。そのことが誇りであり愛おしい。

「アメリア」

テオが屈むとアメリアのその痣にキスを落とした。

身体に落とされたたった一つのキスだけでアメリアの熱が上がり、白い肌を薄い朱色に染めていく。テオの指がアメリアの髪を梳き、額、瞼、鼻、頬、唇、顎と滑り落ち、首筋、鎖骨へと辿っていく。

自分の肌に触れるテオの指が愛おしい。そして何よりも気持ち好い。

「うっとりしてる。気持ち好い？」

「ん……」

「アメリアは感じやすいよね」

から。

急に不安になり、アメリアはおどおどと尋ねる。

けれど、それは杞憂だとわかる。自分を見つめるテオの目は「愛おしい」と訴えていたから。

「可愛いと思う。俺の動きに一喜一憂している身体も、貴女自身も」

テオの指は既にツンと尖っている乳首の周りを撫で、そのまま脇腹から、臍、下腹部を通り、鼠径部に下りてくる。

「あっ、ぁあ……」

陰部を避けるように鼠径部を辿られ、焦らされる。下腹部の奥がかあっと火が噴いたように熱くなる。

「俺の指だけでもこうして感じてしまうんだもの。可愛い以外、何があるの？」

テオの指はそのまま下へ向かい、太腿、膝、脛へと触れていく。

「ぁ、ぁあ……」

テオの指が太腿の内側に入ってきて、アメリアは期待に思わず腰を浮かせる。反射的に思わずしたことだが、恥ずかしくてついきつく脚を閉じてしまった。

「駄目だよ、そんな意地悪しないで」

「で、でも……」

「もっと気持ち好くなりたくはないの?」

　その通りだが、それを口に出すのが恥ずかしくて、アメリアは頬を染めて首を横に振った。

「今夜に限って素直じゃないね。久しぶりだから恥ずかしい？」

「す、少し……」

アメリアのそんな言葉にテオは意地悪そうに笑うと、アメリアの膝を舐め始めた。

「んん、んんっ、ぁ、ぁあっ、やっ、嘘っ、そこ、だめ」

意外な場所に性的な快感を味わい、アメリアは焦る。けれどここも弱点だと気づいたテオは容赦しなかった。

彼の舌がひらめくたびに甘い刺激が秘部を直撃している。つんとした痺れにひくひくと身体が小刻みに揺れ、下腹部から熱のある滴が生まれ続けた。

初めての箇所への愛撫にアメリアの太腿を締める力が緩む。それを待っていたかのようにテオの手が大胆に脚を開かせた。

「やっ……ぁ」

アメリアに嫌がる隙を与えまいと、テオはそのまま内腿の柔らかい部分を舐め回し始めた。時折、強く吸い上げたり、歯を立てたり、かと思えば、しつこく舐めてくる。それだけでも堪えるのが苦しいのに、わざと熱い息を秘部に吹きかけてくるのだから、アメリアの吐息は乱れ続けた。

「はぁ、あ、ぁあっ、……ふぁ、はぁっ……」

まだ触れられていない秘部がひくひくと戦慄いて、はしたないくらい蜜が滴り、敷布を濡らしていく。

「アメリアの中から蜜が溢れてきた。なんていやらしい光景なんだろう」

テオが熱を含んだ溜め息を吐くと、自分の鼻先でそろりとアメリアの秘部を割って綻び始めた花芯を擦った。

「はぁっ、あんっ」

一瞬、ひやりとした感触の後、すぐに甘い官能がアメリアの身体をくすぐる。

鼻先で擦られ続け、その隙にテオの指が蜜を出す媚肉の奥を突いてきた。

「ひっ、ぁ、あっ……ふっ、ぁあ」

「もう、びしょびしょだよ、アメリア」

テオが熱っぽく囁き、ふいに蜜口に吸い付いた。

「あ、あああっ！」

アメリアの腰が大きく跳ねた。テオは愛液をすすり上げつつも、指で蜜口の浅瀬を擦り続ける。

「アメリアの身体は本当に素直だ。もう、欲しくて俺の前でこんなに股を開いて誘うんだもの」

「ひっ……だって、だっ……はぁ、ぁあん、い、意地悪なこと、するから……」

テオが私をここまで乱れさせるのに。そう言いたかったのに、快感が強すぎて上手く話せない。

「アメリアは意地悪なことが大好きなんだ。……じゃあ、もっとしてあげる」

テオは舌を上下左右に大きく振って陰唇を舐め始めた。

「ちがっ、……はぁああっん……あぁ」

疼き上がった媚肉が刺激に歓喜し、知らず腰がいやらしくくねってしまう。

今度は尖らせた舌先が媚肉の合わせ目を辿り、花芯に触れた。

「くっ、うっ、はぁ……っ、そ、そこは……」

「何？　もっとここで遊んでほしい？」

心の底から楽しんでいるテオの囁きがアメリアの羞恥心を刺激する。なのに、じわりと中からまた蜜液が溢れ出てしまう。

それが了解のサインだと悟ったテオは、器用に花芯だけを舌先で突き、撫で、吸い付く。花芯はたちまち紅くてらつく秘玉へと変化を遂げた。テオはパンパンに膨れたそこをしつこいほど舐め回してくる。

ひっきりなしに痺れるような甘い快感を与えられ、アメリアの両足は力を失い膝を立てることさえできなくなっていた。

「どんどん溢れてくる。素直で嬉しいよ、アメリア。もっともっと乱れてほしい」

テオが感極まったような低い声で囁き、腫れた秘玉を咥え込んで強く吸い上げた。

「はあああぁっ！　あああああああああ！」

雷に打たれたかと思うほどの強い愉悦が、足先から脳芯まで響き渡る。あまりの衝撃にアメリアは背中を弓なりに反らし、身体をひくつかせた。同時に、大量の愛液が隘路の奥から流れ出る。

呼吸を乱しながら弛緩した身体を寝台に埋めるが、テオはまだ満足していない様子だった。

じんじんする陰核をまた舌先で舐られる。浅瀬を往復していた指が、愛液が滴る蜜路に深く挿し入られた。

「ぁあ……」

身体の奥深くはまだ満足していない、といわんばかりに濡れた襞がテオの指を嬉しそうに包み込む。

「俺が欲しいって言ってる」

テオの呟きがどこか嬉しそうで、アメリアも嬉しくなった。身体だけじゃない、心だって彼を求めている。

だからこそ、こうも身体が熱くなり、彼を貪欲に求めているのだ。

「もっともっとアメリアを乱したい。何度だって達かせてやりたい」

「テオ、は？　いいの？」

テオはいつだってアメリアが果ててから欲望を果たす。それまで快感を我慢しているはずだ。

その問いにテオは微笑みを見せた。

「俺の身体で感じるアメリアの姿を見ていたいんだ。十分に堪能したら——アメリアが許してと言ってもするよ」

琥珀の瞳がランプの灯りに同調するように光った気がした。その台詞に背筋が粟立ったが、どうしてか下腹もどうしようもなく燃え、テオの指を包む襞はますます収縮する。

「ああ、テオ……どうかください、貴方を。もっと」

「わかるよ、アメリアの中が俺の指を締め付けてくる。俺が欲しくて仕方ないんだね」

テオが恍惚とした口調で言いながら、指をゆっくりと奥へ進めていく。

深く挿入される感覚に、腰が知らず浮いてしまう。そんなアメリアを見てテオは薄く笑い指を引くと、蜜口の浅瀬を掻き回し始めた。

「ああ……テオ、そんな……ひどいっ」

「アメリアが可愛すぎるから、ついつい意地悪したくなるんだ」

テオの指がアメリアの中で曲がり、関節の部分で恥骨のすぐ裏側を押しながら擦り始めた。

「ああっ、ぁ、んあっ、そ、そこはだ、だめ、ぁん、あっ」

アメリアは切なげに訴えるが、テオは容赦なくそこを責め立ててくる。

強すぎる快感にアメリアはぎゅっと目を瞑り、陽向色の髪を振り乱しながら腰を動かす。

しかしテオに止めてくれる様子もなく、そこを中心に責め立てた。

制御できない熱い快楽の波が押し寄せて、再びアメリアの思考や忍耐を浚っていく。

「あ……、も、もう、だめ……また……っ、ふか……い」

先ほど果てたときよりもずっと深い快楽がやってくる。視界が真っ白に霞み、腰が痙攣を始めた。

「ん……、んんんっ、んん――っ」

口を懸命に結んだままアメリアは絶頂を迎えた。息が詰まり、四肢が突っ張る。快感の波が収まり、荒い息を吐きながら身体が弛緩していくのがわかる。

なのに、まだアメリアの内襞は収斂を繰り返して「もっと」と訴えている。

「アメリアの中は貪欲だな。まだ足りないって訴えて、俺の指を奥へ引っ張っていく」

「私の中だけじゃない……私自身もテオが欲しいのよ……」

アメリアのその訴えにテオは大きく目を開き、そしてすうっと眇《すが》めた。アメリアはその様子を一匹の荒々しい獣のように錯覚する。

「そんなこと言われたら歯止めが利かなくなる。興奮して、もっともっと乱れて、泣いて乞うても貴女の中を滅茶苦茶にしたい」

そう言うや否やテオは力の抜けたアメリアの腰を引き寄せると、またそこに顔を埋めた。

「ひっ、ひゃっ、も、もう……」

アメリアは一刻も早く彼と繋がりたい。熱い身体で自分を満たしてほしいのに、テオは快感ばかり与えてくる。

「テ、テオ、あ、私は、ああっ、貴方と一つに、ふぁあっ、あああん」

「まだだよ、もっとよがらせて達かせて俺しか見えなくしたい」

「……もうとっくにそうなのに。ずっとずっと、貴方しか、見えていない……」

「嬉しいよ。だから身体でそれを証明して」

「ひぃ、ぃん……」

ぬるりとしたものが蜜口を過ぎ、どろどろに蕩けた隘路に入ってきた。それが襞壁を擦りながらぐるりと中を擦る。刺激はそれだけでなく、外に秘された紅玉にまで及んだ。そこを指の腹で擦り上げながら裏側は舌で抉ってきている。

「やぁぁぁあああっ、あああっ」

官能の根元に触れられたような激しい刺激にアメリアは叫び声に近い嬌声を上げ、大きく仰け反った。

「だ、だめぇ、も、もう、ん、そんなこと、しないでぇ……っ、ひぃっ、んん」

ひくひくと身体が痙攣する。呆気ないほどにまた達してしまい、アメリアは生理的な涙をこぼした。

けれどテオはまだ舌技をやめようとしない。更に舌を深く入れてアメリアの中を蹂躙し続ける。

「やぁ……、ぁあ、また、っまた……あはぁ、はぁ、だめぇ……あああっ」

蜜路が痙攣を繰り返す。そのたびに狂おしいほどの悦楽が身体を巡り、何度か意識を失いそうになる。なのに身体は悦んで愛液が止めどなく流れ、敷布に淫らな染みを作っていく。

「も、もう、許して……だめに、なっちゃ、う……ぅうん」

あまりに感じすぎる。このまま責め苦のような快楽の中にいたら、本当におかしくなりそうだ。アメリアは恐怖と快感の狭間のようなどうしようもない感情にしゃくり上げる。

ようやく顔を上げたテオは、手で顔を覆いすすり泣くアメリアを労るように抱き締めた。

「そんなに怖かった？　あんまり可愛らしく乱れるのでやめられなかった」

「気がおかしくなるかと思って私……」

テオはアメリアが泣きやむまで、何度も目尻にキスを落としながら頭を撫でた。

「酷いわ……テオは。どうしてこんなに……意地悪になってしまったの？」

「意地悪だなんて……アメリアが普段見せない顔や仕草を見たかっただけだから。こうして乱れ狂うアメリアを見ていると『こういう姿を見せるのは俺だけ』だって思って興奮してしまう」

だから許して、と暗に言っているのがわかり、アメリアは胡乱な目でテオを見つめた。

「酷い」

「じゃあ、これで今夜は終わりにする？」

「うっ……」

屈託のない笑みを向けられて、アメリアは口を噤んでしまう。

まだ足りないとアメリアの中が疼いている。もっと身体の中を満たしてほしい。物理的なものが欲しいのだ。女としての本能が、愛する者の子供が欲しい、そのために彼が欲しいと訴えている。

一番欲しいものをテオはまだ与えてくれていない。

それに、テオがまだ満足していないことも知っている。

「私、貴方に満たされたい……そして共に感じ合いたいの」

共にありたい。そのためには自分の気持ちを伝えなくてはいけない。それは繰り返してきた転生の中で十分に知り得たことだ。

「欲しいの、テオが。誰よりも愛している貴方。私を貴方でいっぱいにして」

両手を伸ばしテオの首に抱きつく。

「アメリア」

テオも強く抱き返してくれて、アメリアは愛されていると実感する。

唇に啄むようなキスを繰り返しながら、テオは彼女の両膝を立てた。

「テオ……」

口づけは深いものに変わり、テオが覆い被さってくる。

舌を擦り合わせながら股間に当たる彼の欲望を実感する。既に熱く硬く勃ち上がってい
て、その感触に腹の奥が疼く。

深いキスの中、テオは自分の憤る熱棒を熟れきっている媚肉の間に押し当てた。

「あ、ぁあ……熱い、熱い、わ」

やすやすと彼のものを受け入れ、その熱さの心地好さにアメリアはうっとりしてしまう。

隙間なく肉魂を受け入れたその圧迫感に、何もかも満たされたように思う。

「アメリアの中はなんて気持ちが好いんだろう……」

テオも満たされたという感慨の籠った声を漏らす。それがアメリアにはとても嬉しかっ
た。互いに同じ感覚を共有していることが奇跡のようで、幸福感に浸る。

「……気持ち好すぎて、すぐに果てそうだ。我慢できない」

突如テオが性急な声を出し、一気に奥へ挿し込んでくる。

瞬時に絶頂に向かい、アメリアは大きく腰を浮かせた。テオはしなったアメリアの腰を
摑み、さらに強く挿入する。

「あ、あ、ぁあ、んん……ふ、深い」

最奥まで彼の熱棒を受け入れ、苦しいくらいだ。脈動する隘路が埋め尽くされる悦びに、

涙がこみ上げてくるほどの幸福感が生まれてくる。

「ああ、締まる……アメリアの中が凄くて……このままでいたいほどだ」

そう言ってテオは熱い息を吐き出すと、力強く抜き差しを始めた。

大きく揺さぶられると深い悦楽が子宮の奥から溢れてくる。足の先から頭の上まで官能の悦びが満ちていく。

テオの熱い剛直に煽られて、アメリアは内側から焼き尽くされてしまいそうな錯覚に陥る。

「んんぅ、あふ、あ、いい、の……はぁ、ああ、あぁぁ」

「俺もすごく、いい……、一緒で嬉しい、よ……」

指や舌とは違う。熱くじわじわとした悦びが広がっていき、全てを満たしていく。

アメリアは愛する人とこうして一つになるという多幸感に酔いしれる。

「テオ、愛してる、愛してるわ……今までだって、これからだって……」

どうしようもない感情にアメリアはうなされるように囁く。身体が悦ぶたびに心まで満たされて、彼への愛が溢れ出てくる。

「俺も、俺も、アメリアを愛してる。ずっと未来永劫に……愛してる。貴女はこれからもずっと俺のもの……」

「ええ……ずっと、今までもこれからも……ずっと貴方のものだわ……」

アメリアの答えに興奮したかのように、テオの腰の動きがどんどん速くなっていく。彼の形の良い頬から大粒の汗が滴り、顎から落ちていく。自分を感じてくれているという嬉しさと愛しさが更に増してくる。

テオが苦しげな表情で言ってきた。

「一度、果ててもいいかな……？」

ええ、とアメリアが頷くと、テオは低い声で囁いてきた。

「アメリアの中で……いい？」

アメリアはテオの背中に腕を回し、強く引き寄せて言う。

「私の中に、ちょうだい。いいの、もう。私の中をテオで満たしたいの……」

「ああ——っ、アメリア」

アメリアの中でテオの欲望が一回り大きく膨れ上がったように感じた。

テオはがつがつとがむしゃらに腰を打ち付けてくる。

「あ、ぁあっん、ああ、んぁ、テオ、も、もう……」

「アメリアっ」

テオが大きく身体を揺らした。刹那、ぶるりと震える。

「はぁ、ああ、熱い、熱いものが……」

テオが獣のように唸りながら何度も腰を穿つ。

ぴくぴくと最奥で熱棒が脈打ち、アメリアの中に欲望が放たれていく。目が眩むほどの情熱を受け入れ、アメリアは身も心も満たされていく。

テオが倒れ込むようにアメリアに覆い被さった。

二人は荒い息の中抱き合うと、快楽の名残を味わい、そして労りのキスをし合う。

互いに与え尽くして一つになったままこうして抱き合って――なんて幸福な時間なんだろう。

この幸せにアメリアは心から告げる。

「好き、愛してるわ、テオ」

「俺も愛してる、アメリア。アメリアが思うよりずっと」

その言葉にアメリアは、くすくすと笑う。

「私だってそうよ。テオが思うよりずっとずっとずっと」

「俺だって。ずっとずっとずっとずっと愛してるわ」

汗で濡れた額や髪を互いに拭い合いながら愛を囁く。

――愛を告げ、愛に応える。

これがどれだけ大切なことなのか。言葉で伝えることがどれほど大切なことなのか。

何百年の時を隔てて、ようやくそれができた。

「これからも喜びと愛の言葉を囁いていくわ、貴方に」

「俺も、ずっとずっとアメリアに囁くよ」

ふふ、とアメリアは含み笑いをしながらテオの胸に顔を埋め、そしてパッと顔を上げた。

「テオ、ちょっと背中を見せてくれる？」

突然の申し出にテオは首を傾げながら背中を向ける。

アメリアは心臓の後ろにある紫色の痣を改めて見つめ、確認したように頷いた。

「ありがとう、テオ。もういいわ」

「何か俺の背中にあった？」

その言葉にアメリアは大きく目を開く。

「背中の痣のこと、知らないの？」

「痣……。そういえば菱形のような痣があるって同僚らに言われたことがあったな」

「そうよ、それを確認したの」

「いったい、なんでそんな痣を？」

「これからのテオの運命を、変えるかもしれないことなのよ」

不思議がるテオに、アメリアはにっこりと陽向のような笑みを浮かべた。

それから本格的な冬が訪れる前に、テオこそがクレイトン家の探していた孫テオバルトだと判明し、テオは隣国エクルスへ向かい祖父と対面した。

肖像画に描かれたクレイトン侯爵の息子——既に故人だったが——と瓜二つだったテオは、そこで正式にクレイトン家の血を引く者だと証明され、孫として受け入れられることとなった。

テオが両親だと思っていた男女二人は彼の亡くなった本当の両親が付けた護衛で、親のふりをしてこのダフィルドに入国したのだった。

テオの両親は入国する前に、反乱軍に見つかって殺されていた。

護衛らは入国した後もテオがクレイトン家の跡継ぎだと知られたら殺されるかもしれないと、ああしてひっそりと暮らしていたのだった。

クレイトン侯爵は今まで育ててもらったことに感謝し、カートライト領の冷害で足りなくなるだろう数年分の収穫を彼の領地で賄うことを願い出て、カートライト伯も喜んで承諾した。

それから冬の間に、テオバルト・クレイトンと名乗ることになったテオとアメリアは婚約した。

一年の準備期間を経てアメリアはエクルスへ向かい、テオバルトと婚姻を結びアメリア・クレイトンと名乗ることとなった。

エピローグ

それから更に一年後――。

白亜のクレイトン城に元気な産声が響き渡った。

「アメリア！」

ようやく産婆の了承があり、テオバルトは勢い良くアメリアのいる部屋の扉を開ける。

アメリアはけだるそうに横になっており、年嵩《としかさ》の侍女頭が、産湯に浸かり湯気を立てる赤子を抱いている。

「テオ……女の子よ」

彼は以前と同じ名で自分を呼ぶアメリアのもとに真っ直ぐ進んでいき、額や頬に何度もキスを落とす。

「ありがとう、アメリア。ご苦労様。お祖父様も直に来られるよ」

「……お祖父様は喜んでくれるかしら？」

後継となる男の子を所望しているはずだと、アメリアは目を伏せる。

「心配はいらないよ、お祖父様はそんな心の狭い方じゃない」

そう励ましながら、生まれたばかりの我が子を侍女頭から恐る恐る受け取る。

「軽いなぁ、それにふにゃふにゃしてる……」

寝ている我が子と寝台の端に座ってアメリアを眺め、テオバルトは目尻を下げた。

黒髪に白い肌。一瞬開いた目は緑色でアメリアの瞳の色と同じだ。

けれどアメリアは浮かない顔をしていた。産後疲れというわけではなさそうだ。

「アメリア、どうしたの？　お祖父様に何を言われるかまだ心配かな？」

「ううん、違うの。……この子の胸を開けて見てくれる？」

テオバルトは前開きの産着を開き、目を見張った。

――赤い痣。

「……まさか、また呪いなんて……ないわよね？」

すがるようにテオバルトを見つめるアメリアに、笑みを浮かべながら頬を撫でる。

「当たり前だろう、呪いなんてもう昇華されている。これはただの痣だよ」

「……そうだといいのだけど」

アメリアは自分の痣の箇所にそっと手を当てる。「消えるかも」とテオバルトが言っていた痣だが、完全に消えることはなくうっすらと残っている。

「俺が言うのだから間違いないって。それによく見ると可愛いじゃないか。小さな花が咲いているようだよ」

そう言いながらテオバルトは、娘の胸に咲いた痣にキスを落とした。

「もし痣のことで本人が悩むようなら、俺たちが全力で支えよう」

「ええ」

アメリアの瞳にうっすらと涙の膜が張り、目尻を拭いながら頷いた。

ふにゃふにゃと、か細い声を上げて赤子が泣く。

「あ、お腹が空いたのかしら」

テオバルトから赤子を受け取ると、アメリアは前をはだけ娘に乳を与える。

生まれて間もないので飲み方が下手だ。それは母となったばかりのアメリアも同じで、なかなか上手く与えられない。「この位置か」「それとも横抱きの方が」と産婆や侍女頭の助言を受けながら二人試行錯誤し、上手く飲める位置でコクコクと飲み始めた娘にホッとする。

「可愛い、本当に可愛い。……俺に家族ができた。しかもこんなに可愛い娘が。孤児院にいた頃は親がいないことで辛い思いをしてきたけど、今はこんなに幸せだ。暖かな住まいに美しくて優しい妻。そして可愛い娘。こうした生活ができるのもアメリアのお陰だ。アメリアが諦めないで呪いを解く方法を探してくれたから――改めて礼を言うよ」

「テオ……。私こそ、ありがとう。貴方が話を聞いてくれる人だったからよ。そしていつでも私を守ってくれていたから……。貴方の中の竜も、きっと貴方の想いを汲み取ってくれたんだわ」

互いに礼を言い合い、そして唇を寄せる。腹が膨れたのか乳から離れた娘にアメリアはゲップをさせ、侍女頭に渡す。ゆりかごの中で眠る娘を眺めながら、テオバルトはアメリアが楽な体勢をとれるよう背にクッションを挟む。

ちょうど頃合いを見計らったように、扉からノックの音が聞こえた。

「きっとお祖父様だろう」

テオバルトの予想通り、侍女が開けてくれた扉から姿を現したのはテオバルトの祖父だった。齢七十を過ぎているがまだ足腰はしっかりしていて、矍鑠《かくしゃく》として若々しい。ラベンダーを片手に入ってきて、アメリアに渡す。

アメリアがクレイトン家に入る際に庭に植えようと持ってきたラベンダーだ。清楚な白い色と瑞々しいすっきりした香りに、アメリアは表情を緩めた。

「ラベンダーは癒やしの香りだと君に聞いていたから摘んできたのだ。少しでも疲れが取れればと思ったのだが」

「ありがとうございます。娘を見ていってください」

「うんうん、そのつもりだよ」

顔を綻ばせながらゆりかごの中で眠る娘のもとへ行き、「おお」と感嘆の声を上げた。

「なんて可愛い子だ。顔立ちのしっかりとした女の子だね」

眠る孫娘の顔をにこにこと覗き込む祖父を見て「ほらね、大丈夫だったろう？」とテオバルトが告げ、アメリアはようやく心の底から安堵したようだった。

「テオバルト、この子は美人になるぞ。将来求婚が絶えなくて、断るのも大変そうだ」

「安心してください。娘はどこにもやりません。クレイトン家から出しませんから」

きっぱりと言い切ったテオバルトに、アメリアも祖父も目を大きく見開き、笑い声を上げた。

「テオったら、もうそんなことを言うの？　早すぎるわ」

「いや……だってお祖父様が求婚とか言うから……」

「私も心配になってきたぞ。ひ孫一人でお終いにする気かね？　私としてはひ孫の顔をもっとたくさん見たいのだが」

「それはご安心を。俺もアメリアも、そのつもりですから」

胸を張って言い返したテオバルトに祖父はまた快活に笑い、アメリアは頬を染める。

「テオもお祖父様も気が早いわ。しばらく身体を休ませてくださいな」

「勿論だとも。まだ二人とも若い。焦らずとも自分たちのペースで考えなさい」

「ありがとうございます」

アメリアと祖父が和気あいあいと話し込んでいるのを尻目に、テオバルトはスヤスヤと寝息をたてている娘の顔を覗きこむ。

(自分の血を受け継いだ我が子が見られるなんて)

小さな額にそっとキスを落とす。まだか弱く頼りない存在で、少し強く握っただけでもすぐに壊れてしまう宝石細工のように思える。

不自由のない暮らしに愛する妻に子供――ずっと夢に描いていたのは、こんな幸せな光景だったと気づいたのは、自ら呪いを解いた後だった。

これこそ自分の積年の願い。

孤独に生きる悠久の時間に慣れた頃に出会ったのは、人の乙女。

人の生活に入り、家族という共同体の中で生きていくことで愛を知ってからこれらを切望した。だからこそ人の姿を取った。
俺のだ。……全部全部。アメリアもアメリアが産んだ子も俺のもの……
これからだって彼女の魂をずっと追いかけ続ける。
そして生まれ変わるたびに俺たちは愛し合い、幸せな人生を送るのだ。
そのためには――貴石のように隠して守らなくては。
「大丈夫、俺が守るから……ずっとずっと未来永劫……」
内にある願望が全て叶うことに、テオバルトは嬉しくて笑みを浮かべる。
我が子を見つめる琥珀色の瞳は、研磨したてのように輝いていた。

あとがき

拙作を手に取っていただいてありがとうございます。深森《ふかもり》ゆうかです。

今回、初めてソーニャ様で書かせていただきました。「歪んだ愛は美しい。」――すなわち偏執的な愛をテーマに書いていくレーベルに私が挑むことになるとは思いませんでした。

変態なヒーローがヒロインに物騒なことをやらかす軽い〝変質的な愛〟のラブコメディなら得意な私ですが、果たして書けるかどうか……で、かなりプロットに時間が掛かりました。頭、爆発しそうでした。

そして無事プロットが通り、第一稿を書き終えた段階で「これ、なんか違う。ソーニャじゃない気がする」と悩みながらも提出。

やはり、改稿が大変で……。自分が好きな〝竜〟をテーマにしたら書けるだろう、と思っていた私を叩きたい。

「難しいヒーローですね」と一緒に悩みながら改稿の提案してくださったEさん、頼りになります。いつもありがとうございます。お陰で山に籠もらずに済みました。

物語の内容についてですが、竜などのモンスターが伝説上の生物となって久しい時代。

その竜に先見の力を持って生まれた一族にしか出ない呪いを解こうと奮闘するヒロインと、彼女を愛し、呪いを含めた全てから守りたいと孤児から騎士にまでなったヒーローの話です。

呪いが発現するときには、必ず領地に通年咲くラベンダーが白から赤に染まります。なぜラベンダーが赤く染まるのか。どうしてヒロインの一族は呪いにかかるのか。孤児であったヒーローは何者なのか。

そしてどうして「難しいヒーローですね」と編集Eさんが唸ったのか（私も「とんでもない複雑なヒーローを書いてしまった」と泣きそうになりましたが）。

それは読んでいただいて察してくだされば……。

今回、イラストを担当してくださった天路様。素敵なヒーローとヒロインを描いてくださってありがとうございます。透明感のある美しいキャラたちで眼福でした。

そしてここまで読んでくださった皆様方、本当にありがとうございました。

またいつか会える日を心待ちにしております。

深森ゆうか

Sonya
ソーニャ文庫

この本を読んでのご意見・ご感想をお待ちしております。

◆ あて先 ◆

〒101-0051
東京都千代田区神田神保町2-4-7 久月神田ビル
㈱イースト・プレス　ソーニャ文庫編集部
深森ゆうか先生／天路ゆうつづ先生

竜《りゅう》を宿《やど》す騎士《きし》は執愛《しゅうあい》のままに巫女《みこ》を奪《うば》う

2023年6月8日　第1刷発行

著　　者　深森《ふかもり》ゆうか
イラスト　天路《あまじ》ゆうつづ
編集協力　蝦名寛子
装　　丁　imagejack.inc
発 行 人　永田和泉
発 行 所　株式会社イースト・プレス
〒101－0051
東京都千代田区神田神保町2－4－7 久月神田ビル
TEL 03－5213－4700　FAX 03－5213－4701
印 刷 所　中央精版印刷株式会社

ISBN 978-4-7816-9749-9

Sonya ソーニャ文庫の本

お前の罪ごと、貪っていたい。

幼い頃、第一王子ジルベールの婚約者となった公爵令嬢レティシア。光り輝くような彼に気後れしながら遊んでいた森で、レティシアは猛毒を持つ獣に襲われる。彼女を鋭い爪から庇ったジルベールは、獣の毒に侵されたせいで死んだ者として扱われることになってしまう。
十一年後、レティシアは離宮で暮らすジルベールの世話をしながら、彼の「獣性」をその身で鎮めることに、切ない喜びを感じていた。ある日、ふたりだけの閉じた世界に変化が投じられて……。

Sonya

『愛に蝕まれた獣は、執恋の腕で番を抱く』

宇奈月香
イラスト 園見亜季

Sonya ソーニャ文庫の本

『復讐の獣は愛に焦がれる』　青井千寿

イラスト　北燈

Sonya ソーニャ文庫の本

どうしたら、僕を愛してくれる…？

士官学校に通うアシュリーは、次期国王で完璧王子様と名高いヴィクトルを恐れている。三つ前の前世まで死に際の記憶がある彼女は、王子と同じ顔の男に三度も殺されたのだ。死を回避するため目立たぬように送る学生生活の中、彼女との距離をどんどんつめようとするヴィクトル。ある日、アシュリーの「神官になる」という発言を聞いた彼は、その意思を変えさせるため体に触れる。抗う気持ちとはうらはらに、アシュリーの全身を甘い陶酔が包み込んで――。

『前前前世から私の命を狙っていたストーカー王子が、なぜか今世で溺愛してきます。』　あさぎ千夜春

イラスト 小島きいち